넌 동물이야,
비스코비츠

SEI UNA BESTIA VISKOVITZ
by Alessandro Boffa

넌 동물이야,

Sei Una Bestia, Viskovitz

비스코비츠

알레산드로 보파 이승수 옮김 민음사

일러두기

1 본문의 각주는 모두 옮긴이 주이다.

2 이 책은 민음사 모던 클래식 시리즈로 펴냈던 『넌 동물이야, 비스코비츠』를 새로 펴낸
  것이다.

시빌에게

차례

프롤로그

남극의 밤, 우리는 바다를 떠도는 유빙 위에 단둘이 있었다. 비스코비츠가 나를 돌아보며 말했다.

"네가 우리 대화를 글로 남겨 줬으면 좋겠어."

"불가능해. 난 타이피스트도 아니고 작가도 아니야. 난 펭귄이야. '글로 남기는 것'은 내게 펭귄들을 더 만들라고 하는 것만큼이나 엄청난 일이야."

그리고 그로부터 한 달 후, 나는 배 아래에다 알 하나를 품은 채 가만히 기억을 더듬고 있다……

이제 슬슬 이야기를 시작해 볼거나.

요즘 사는 게 어때, 비스코비츠?

사는 일보다 더 지루한 건 없다. 햇빛보다 더 울적한 것도, 현실보다 더 거짓된 것도 없다. 잠에서 깨어난다는 건 내게 죽음이나 마찬가지다. 살아간다는 것은 죽어 가는 것이다.

"일어나, 비스코! 5월이야! 다른 녀석들이 제일 맛 좋은 도토리를 전부 다 먹어 치울 거라고."

자나가 쫑알거렸다.

나는 뻐근한 팔다리를 힘겹게 펴고는 마지못해 눈을 떴다. 어쩌겠나, 먹고살아야 하는데.

"잠깐만, 몸이 좀 풀려야 일어나지."

나는 목쉰 소리로 투덜거렸다.

여덟 달 동안의 동면이 끝나는 순간이었다. 나는 겨울잠쥐*들의 저승, 잿빛 내세에서 눈을 떴다.

어두컴컴한 굴속, 잠든 겨울잠쥐 무더기를 헤치고 무덤 입구

* 다람쥐처럼 생긴 설치류. 다람쥐와는 달리 야행성이다.

쪽으로 어기적거리며 기어 나가는 다람쥐 모양 그림자들이 눈에 띄었다. 나처럼 불면의 나날에 접어든 죽은 자들의 영혼이었다.

나는 옆으로 돌아누웠다. 유골같이 앙상한 내 몸의 뼈마디가 온통 삐거덕거렸다. 우리 종족의 친숙한 윤곽이 눈에 들어왔다. 손자, 증손자, 조부모, 증조부모, 부모, 장인, 장모. 몇몇은 아직도 털이 북슬북슬한 기다란 꼬리로 몸을 휘감고 웅크린 채 곤히 잠들어 있었다. 그들은 멀어져 가는 쾌락의 끝자락을 붙든 채 끙끙거렸다.

서서히 신진대사가 이루어지면서 관절에 통증이 느껴지고, 탈수 증세가 오고, 세포 하나하나가 고통에 떨었다. 겨울잠에서 깨어나는 순간의 사투, 다시 겨울잠을 잘 때까지 넉 달 동안 계속될 고문과도 같은 통증이었다. 그 순간 다시 일어설 수 있는 힘을 주는 건 오로지 허기뿐이다. 살을 찌우지 않으면 다시 잠들 수 없음을 알기 때문이다.

"일어나서 먹어, 비스코." 나는 스스로에게 말했다. "네 나이면 아직 세 번은 더 동면할 수 있어. 겨울잠쥐가 늙어서 더는 동면에 들 수 없는 것이야말로 비참한 일이지."

나는 좀비처럼 지방과 영혼이 빠져나간 핏기 없고 깡마른 몸을 추슬러 빛이 비치는 쪽으로 비틀거리며 기어갔다. 눈부신 햇살 때문에 눈물이 나왔다.

"꼬챙이처럼 말랐어, 비스코. 와서 도토리 좀 먹어!"

자나가 내게 소리쳤다. 자나는 몇 년 전부터 나와 함께 사는

요즘 사는 게 어때, 비스코비츠?

배우자다. 내가 성실하게 자나와 사는 건 솔직히 일부일처 성향 때문이 아니다. 우리 겨울잠쥐들에겐 그런 습성이 없다. 그저 게으르고 권태를 즐기기 때문이다. 자나는 무리 전체에서 제일 못생기고 칙칙하고 지루하고 둔한 암컷이다. 난 바로 그 점 때문에 자나를 선택했다. 왜냐하면 지루하고 절망적인 삶이 달콤하고 원대한 꿈을 꾸게 해 주니까. 중요한 순간은 꿈을 꿀 때다. 내세, 즉 깨어 있는 것이 지옥이라면 현세, 즉 꿈꾸는 동안은 천국이 된다. 그 반대가 아니다.

나는 괜히 나뭇가지 위에서 위험을 무릅쓰고 싶지 않았다. 그래서 땅바닥에 떨어진 도토리 두 알을 발견하고는 앙상한 몸을 이끌고 천천히 조심스럽게 나무를 내려왔다. 그러고는 비틀거리며 도토리 쪽으로 다가가 발톱으로 껍데기를 벗기고 잘 익은 열매에 송곳니를 박았다. 금세 몸이 한결 가뿐해졌다.

내가 사는 굴은 예전에 딱따구리가 떡갈나무를 파 만든 둥지였다. 우리 가문은 대대로 이 둥지를 후손에게 물려주었다. 숲에서 가장 울창한 나무여서 깨끗이 청소만 하면 가을까지 지내기에 넉넉했다. 내 새끼들은 벌써 일어나 게으름을 피우며 나뭇가지에 누워 있었다. 새끼들이 나뭇가지에 누워 한가로이 빈둥대는 모습, 녀석들의 흐리멍덩한 눈빛과 삶에 심드렁한 태도를 보자 아버지로서 가슴이 뿌듯했다. 나는 이윽고 호숫가 쪽으로 발길을 돌렸다.

살을 찌우고 빈둥거리는 것 말고 겨울잠에서 깨어나 해야 하는 일 가운데 하나는 다음 동면을 위해 꿈 소재를 비축하는 일이다. 그래서 우리 겨울잠쥐들은 언제나 가장 매력적인 장소를 찾아 돌아다닌다. 우리의 이야깃거리가 될 영감, 주인공, 어떤 실마리를 찾는 것이다. 또 모방할 만한 아이디어가 있을까 기대하면서 다른 겨울잠쥐들의 이야기에 귀를 기울이기도 한다. 주코틱, 페트로빅, 로페즈는 떡갈나무 밑 양지바른 곳에 널브러져서, 땅바닥에 떨어진 도토리들을 꼬리로 쓸어 모으며 바로 그 일을 하고 있었다.

"잘 잤어, 비스코비츠? 넌 어땠는지 얘기해 줘."

로페즈가 말했다.

"피곤해, 말하기 귀찮아."

나는 잘라 말했다.

녀석들한텐 배울 게 전혀 없다. 로페즈의 꿈은 아주 끔찍하다. 결국은 모두들 담비나 수달의 송곳니에 찔리고 마는 이야기였다. 한편 페트로빅의 꿈에서는 겨울잠쥐들끼리 서로 물고 뜯다가 하나씩 녀석에게 물려 죽었다. 주코틱은 불쌍하게도 불면증에 시달렸다. 잠자는 동안 저승에서 어떤 목소리가 울려 온다면, 그건 틀림없이 녀석의 소리일 것이다.

나의 꿈은 남들에게 떠벌릴 만한 내용이 아니었다. 내 꿈에는 늘 겨울잠쥐 암컷이 나온다. 사실대로 말하자면 자나는 아니다. 꿈에서나 볼 법한 암컷, 내 환상의 결정체였다. 쥐의 특성을 더할 나위 없이 완벽하게 갖추고 성스러움과 사악함이 기묘하게 뒤섞인 암컷을 상상해 내기까지는 지긋지긋하고 절망적인 수년의 세월이 필요했다. 난 꿈결처럼 아름답고, 하품처럼 달콤하고, 베개처럼 부드러운 그녀를 만들어 냈다.

나는 그녀를 리우바라고 부른다.

그녀를 떠올리면 대번 잠이 쏟아졌다. 몇 걸음 내딛는 동안에
도 꾸벅꾸벅 졸다가 나무 밑에 쓰러지고 말았으니까…….

그녀와 헤어졌던 곳, 내가 그녀를 위해 꿈꾸었던 열대림, 히
비스커스와 아카시아 그림자 사이에서 나는 그녀를 다시 만났
다. 소음 하나 없고 감미로운 음악만이 흐르는 마법의 장소였다.
악취는 없고 향기만이 풍겼으며, 오르막길은 없고 내리막길만
있었다. 돌부리 하나 없는 땅은 부드러웠다. 나무줄기에까지도
털이나 꽃잎, 깃털로 안을 대었다. 천적이나 성가신 훼방꾼 혹
은 라이벌은 없었다. 나 외에 다른 수컷은 없었으며, 비스코비
츠 외에 다른 신은 없었다.

나는 우리 겨울잠쥐들의 러브콜인 '지지'로 그녀에게 인사했
다. 설치류의 왕답게, 나는 멋지게 어슬렁거리며 바나나나무에
서 내려와 그녀에게 다가갔다.

"나 돌아왔어, 내 사랑. 오직 너를 만나러 여기 온 거야."

"지금 할 일이 있어, 비스코. 떡갈나무를 찾고 있거든. 온통
바나나나무뿐인 이곳에서 도토리나 너도밤나무 열매를 찾는다
는 게 쉽지 않아."

그녀는 한숨을 쉬며 대꾸했다.

"말만 해."

나는 그녀에게 말했다. 난 상상력으로 수박만큼 커다랗고 뚜

껍도 없고 껍데기도 없는 도토리 세 알을 땅에서 솟아나게 했다. 도통한 겨울잠쥐들은 하고 싶은 것을 의식적으로 꿈꿀 수 있는 법이다. 즉 꿈의 매 순간을 아주 풍요롭게 할 수 있다는 얘기다.

나는 명령했다.

"이제 이리 와서 나를 돌봐 줘, 자기야. 실컷 잘 수 있는 동면이 아니야. 잠깐 조는 거라고. 저기 꽃 침대를 봐. 내가 보기엔 더할 나위 없는 장소 같은데……."

"싫어, 비스코."

"싫다고?"

꿈속에서 싫다는 말을 듣는 건 유쾌한 일이 아니다. 꿈을 만들어 내는 내 창조력을 이제 제법 익숙하게 쓸 수 있게 됐지만, 리우바에게 부여했던 것과 같은 강한 성격은 내 마음대로 통제할 수 없었다. 그래서 리우바에 대해서만은 안심할 수 없었다.

"인형처럼 취급받고 네 변덕에 일일이 장단 맞추기도 지쳤어." 그녀는 코털을 흔들면서 말을 단숨에 토해 냈다. "너한테는 쉽겠지. 너한테야 한낱 꿈일 테니까. 넌 원하는 것을 할 수 있어. 하지만 나한테는 지금이 유일한 삶이야. 내가 이 삶을 누리게 해 주기를 바라……."

"한 번뿐인 삶이 아니라는 걸 알잖아. 내가 꿈을 꿀 때마다 다시 살아날 거라는 걸 알잖아."

"물론 모두들 그렇게 말하지. 하지만 너는 나한테 밥 먹을 시간이나 생각을 표현할 시간은 절대 주지 않잖아. 겨울잠쥐도 떡갈나무도 없고, 땅거미 지는 황혼 녘이 영원히 계속되는 이런 우습고 따분한 세상에서 살게 하잖아. 아이들을 낳게 해 주지도 않고 내 삶을 누리게 해 주지도 않아."

"하지만 꿈꾸게 해 주잖아."

"그래, 하지만 내가 아는 건 이런 동화 같은 네 세상뿐인데 내가 무슨 꿈을 꾸겠어?"

"자기야, 우리 싸우지 말자. 이제 시간이 정말 조금밖에 없어. 어서, 이리 와."

"싫어, 비스코."

평상시처럼 결국 나는 그녀가 '살아 있다'고 느끼게 해 주기 위해 그녀가 말한 대로, 평범한 일상을 꿈꿔야 했다. 일출, 떡갈 나무, 너도밤나무, 그리고 주코틱까지. 결국 잠들기 전보다 더 피곤해졌다. 리우바가 내게 가까이 다가와 그녀의 향기 나는 털 감촉을 느끼게 해 주기까지 족히 한 시간은 걸렸다. 이윽고 그 녀는 천천히 아양을 떨면서 이끼 위에 누웠고 교태 어린 '지지' 를 두 번 울렸다.

"안 돼, 리우바, 이건 내가 원하는 게 아니라는 걸 알잖아."

리우바와의 문제는 다른 겨울잠쥐 수컷과 암컷이 꿈속에서 하는 것들, 즉 함께 잠드는 것을 리우바가 원하지 않는다는 거 였다. 꾸벅꾸벅 마법 같은 달콤한 잠에 빠지면서, 입이 찢어져 라 하품을 한 다음 쩍쩍 입맛을 맛있게 다시고, 마지막에는 함 께 선잠에 빠져 서로 몸을 섞고, 잠 속에서 의기양양하게 영혼 을 섞는 것 말이다.

그녀는 나와 함께 도토리를 까고, 사랑을 나누고, 아이를 만드는 따위의 통속적인 것들을 원했다. 눈꺼풀이 내려앉기 시작하는 극적인 순간에 그녀는 늘 잠들기를 거부했다. 그래서 결국 나는 완벽한 쾌락을 포기해야만 했다. 이번에도 상황이 다르지 않을 것 같았다.

"좋아, 비스코. 너를 만족시켜 주고 싶어. 하자. 이번엔 나도 좋아."

놀랍게도 그녀가 찬성을 했다.

난 내 눈을 믿을 수 없었다.

갑자기 목덜미에 묵직한 다리를 느끼며 나는 잠에서 깼다. 당연히 몹시 화가 났고 할 수만 있다면 다리 주인을 죽여 버릴 수도 있었다. 단잠을 방해했으니 당연하다. 거대한 털 뭉치가 나를 덮쳤다.

"비스코!"

내 이름을 부르는 소리가 들렸다.

익숙한 소리였다. 주둥이를 들자 겨울잠쥐 암컷이 보였다.

'이게 도대체 무슨 날벼락이지?'

나는 속으로 중얼거렸다. 그녀는 아주 아름다울 뿐 아니라 점점 더 실제 리우바와 비슷해졌다. 리우바의 진수였다.

"너 비스코비츠지, 늘 나를 꿈꾸던 그 비스코비츠."

리우바가 킥킥 웃었다.

나는 당황한 눈빛으로 주변을 돌아보았다. 현실에서 리우바가 뭘 하는 거지?

"리우바? 너 여기서 뭐 하는 거야?"

"네가 나한테 요구했던 것을 하고 싶다고 말했잖아. 하지만 그 우스운 꿈에서가 아니라 여기 현실에서 하고 싶어."

장난이라면 정말 악취미였다. 현실이 꿈이라고 말하는 소리를 늘 듣곤 했지만 도무지 믿어지지 않았다. 누군가 심사가 뒤틀려서 비슷한 꿈을 만들어 놓은 걸까?

"누가 너를 보냈는지 모르겠어, 리우바. 하지만 분명히 실수한 거야. 봤지, 여기는 네가 있을 데가 아니야. 이 악취 느껴지니? 산성비, 질산염, 유황 냄새야. 이곳은 구석구석 모두 오염됐어. 여기서는 살기 위해 노력해야 해. 시끄러운 소음과 병이 그득해. 담비, 올빼미, 족제비 들이 있어. 인간도 있고. 내겐 아주 질투심 많은 배우자와 자식도 열넷이 있어. 빌어먹을 현실이라고, 리우바. 넌 여기서 절대 행복할 수 없어. 절대 마음 편하지 않을 거야……."

"그렇지 않다던데……."

"내 말을 믿어, 자기."

"더는 믿지 않아, 비스코."

"더는 믿지 않는다고?"

리우바는 입술을 벌리고 수수께끼 같은 달콤한 웃음을 지으며 이렇게 말했다.

"이 모든 일은 오직 내가 상상하고 싶어 했기 때문에 생긴 거야, 비스코. '현실의 삶'이 아니야. 내 동면 속 꿈이지. 그래서 너

는 늘 나를 꿈꾼 거야. 꿈꾸게 한 게 바로 나지. 너를 놀래 주고
싶어서 너한테 절대 말하지 않았어. 너와 노는 게 재미있었
거든."

"이거 정말 대단한데. 그럼 자나와 주코틱, 다른 것들도 네가
꿈꾼 거야?"

"물론이지, 그들의 등장 기간은 만료되게 했어. 나만을 위한
너를 원했거든. 믿어지지 않지? 봐."

내 눈앞에서 수박만큼 커다랗고 뚜껑도 없고 껍데기도 없는
도토리 세 알이 땅에서 솟아났다.

"비스코, 지금까지 난 부끄러웠어. 수컷한테 가서 '너는 내가
꿈에 그리던 겨울잠쥐야.'라고 말하는 게 쉽지 않았어. 차라리
네가 나를 찾아오고, 꿈꾸게 만들고 싶었지. 너를 시험하고 싶
었어. 지금은 네가 나를 사랑한다는 걸 아니까, 자기, 난 더 이
상 두렵지 않아. 너를 행복하게 해 주고 싶어. 더는 낭비할 시간
이 없어. 비스코, 꿈은 모두 끝나게 돼 있으니까, 이리 와."

리우바는 카밀러꽃 침대가 나타나게 하더니 그곳에 누웠다.

"사실 내가 너보다 더 게으르고 잠이 많아, 비스코. 내가 바라
는 것은 내 꿈속에서 네 품 안에 잠들어 네가 코 고는 소리를 듣
는 것뿐이야."

그녀가 입을 벌리고 너무나 눈부신 하품을 해서 그녀의 몸에
서 영혼마저 빠져나갈 듯했다.

난 기쁨에 떨며 몸의 긴장을 풀었다. 누가 누구를 꿈꾸는 건
지 잘 이해되지 않았다. 하지만 털가죽 속 내 심장은 축복의 바

요즘 사는 게 어때, 비스코비츠?

다에 녹아들었다. 눈꺼풀을 한 번 끔벅하며 그 모든 슬픔, 그 더
러운 호수, 오염된 숲, 숨 막히는 공기, 황폐한 대지를 축복했다.
행복을 알리는 하품에, 황량하고 생기 없는 그 모든 세상이 사
라졌다.

섹스 생각날 때 없니, 비스코비츠?

섹스? 난 한 번도 생각해 본 적이 없다. 생각해 보라, 내가 두 살이라고 하니 그럴 수밖에.

"우리 달팽이들은 불완전한 자웅 동체란다,* 비스코."

나이 든 달팽이들이 내게 설명했다.

"구역질 나요! 우리 가족도요?"

나는 소리치며 말했다.

"물론이지, 애야. 우리는 수컷과 암컷의 구실을 모두 할 수 있단다. 부끄러워할 게 전혀 없어."

그는 치설로 내 두 물건을 가리키며 말했다.

"그런데 왜 불완전하다는 거죠?"

"서로 사랑한다면 다른 달팽이들하고만 교미를 할 수 있기 때문이야. 절대 우리 자신과는 안 돼."

* 양성선이라는 생식소에서 난자와 정자가 만들어지지만 생성 순서가 달라 한 몸에서 수정되지 않고, 두 마리가 교미해야 수정이 된다.

"누가 그런 말을 해요?"

"우리의 믿음이야, 비스코. 또 하나 나쁜 일은 그것을 생각하는 것만으로도 돌이킬 수 없는 도덕적 죄가 된다는 거지."

아빠-엄마 달팽이가 경고했다.

"껍데기 속에 너무 갇혀 있거나 마음속으로 혼잣말을 하거나 스스로 욕구를 해소해도 불순한 태도란다."

엄마-아빠 달팽이가 덧붙였다.

공포의 전율에 외투막이 쭈글쭈글해졌다.

"좋은 짝을 찾아 이제 네 주변을 돌아볼 때란다. 생식기는 단 몇 주만 쓸 수 있거든."

나는 당황하며 사방으로 더듬이를 뻗었다.

"하지만 가장 가까이 있는 달팽이들도 몇 달은 기어가야 만날 수 있잖아요!"

"아니다, 애야. 바로 이 근처에 아주 훌륭한 젊은 달팽이들이 있잖니."

하지만 근처에는 내 옛 학교 친구들인 주코틱, 페트로빅, 로페즈뿐이었다.

"농담이겠죠. 꿈에도 그런 생각 마세요, 내가……."

"좋은 가문 출신이란다. 나무랄 데 없는 유전자와 훌륭하게 성장할 수 있는 진화 가능성을 지녔지. 보기 아름다운 게 다는 아니야, 비스코."

"그 애들을 제대로 보시기나 한 거예요?"

나는 주코틱을 향해 콧구멍 촉각을 내밀었다. 주코틱은 사실 곤충 두순처럼 생긴 껍데기, 안으로 말린 눈, 위축성 아가미를 가진 볼품없는 복족류였다. 천적들도 싫어할 생김새였다. 정말 그토록 손자들을 보고 싶으신 걸까?

"시간이 흐르면 생각이 변할 게다, 두고 보렴. 우리 달팽이들 격언에 이런 말이 있다. '네 이웃을 사랑하라. 멀리 있는 자는 탐하지 말지어다.'"

"차라리 죽어 버리겠어요."

나는 인사를 하고 껍데기 속으로 꼭꼭 숨은 후 뚜껑을 조심스레 닫고 석회 소금으로 꼭 막았다. 그래야 내 존재를 모를 테니까.

"껍데기 속에 숨어 있는 건 좋지 않단다, 꼬마 비스코. 다들 이상하게 생각할 거야."

빌어먹을, 지옥에나 가라지.

그 이후 난 이런저런 이유로 오직 섹스, 그러니까 여러 종류의 섹스만 생각했다.

처음에는 원인 모를 가려움증이 생겼다. 호르몬 이상이 오면서 자꾸 달팽이들의 외투막 주름에 눈길이 머물렀고, 껍데기 속 몸이 어떻게 생겼을까 상상했으며, 수축된 다리의 굴곡을 음미했다. 그것 때문에 몸이 아프거나 잠을 못 이룰 정도는 아니었다. 채소밭의 몇몇 달팽이들은 형태학적으로 못생기지는 않았다. 하지만 실제 내 목적에 부합하는 달팽이들, 나와 같은 족속이고 비스코비츠에 걸맞은 동물 측정학적 자격 조건을 갖춘 달팽이들은 보이지 않았다. 결국 그들은 존재하지 않거나 아마 아직 태어나지 않았을 거라는 결론에 이르렀다.

잘못된 생각이었다.

아름다운 복족류 폐하가 상추 포기 사이에서 갑자기 나타났다. 다소 멀리 있었지만 햇살에 관능적으로 몸을 맡긴 기막힌 몸매, 깔끔한 껍데기에 살짝 가린 풍만한 체형이 눈에 확 들어왔다.

세상에!

마법에 걸린 나는 잠도 오지 않고 입맛도 떨어졌다. 내 눈 촉각에는 갑자기 그녀-그만이 존재했다. 이유 없이 계속 점액이 흘러나왔다. 하지만 무엇을 할 수 있단 말인가? 고작 이년생 달팽이인 나한테서 정열이 뚝뚝 떨어져 나온들! 그 순간 벌떡 일어나 미친 듯이 달리기 시작하더라도 늙고 병든 몸으로 그곳에 도착할 텐데.

한 가지 방법은 있는데……. 그래, 난 바로 그것을 생각했다. 미친 듯이 그 생각에 골몰했다. 만일 그녀-그도 나를 만나러 뛰어온다면? 그 경우 접촉 지점은 호박꽃 사이가 될 것이다. 우리 두 달팽이는 중년이 되어 서로 만나는 것이다. 생각하면 할수록 너무도 낭만적인 그 행동에 나는 사로잡혔다. 미래의 만남을 기대하며 가슴앓이하는 것. 사랑의 약속을 위해 젊음을 희생하는 것. 사랑은 언제나 위대한 내기가 아닐까?

그녀-그가 나를 봤다. 나를 주목한 게 분명했다. 아주, 아주 분명했다. 쌍각조개가 아니고서야 달팽이 뿔로 내게 보내오는 이해의 몸짓을 알아채지 못할 리 없지 않은가.

"비스코! 마음속으로 혼자 생각하는 건 좋지 않단다. 남들이 이상하게 생각할 거야."

엄마-아빠가 소리쳤다.

"마음대로 생각하라지."

"몸단장을 하렴! 로페즈 도련님이 너를 만나러 오고 있잖니."

로페즈는 점액을 분비하며 미친 듯이 그 위를 미끄러져 달려오고 있었다. 그는 욕정에 사로잡힌 얼굴로, 부풀어 오른 냄새 감지 기관을 길게 내밀고, 간충직을 늘어뜨린 채 흐물흐물한 치설을 앞세우고 헐떡거리며 달려왔다. 이제 나와는 겨우 이틀 거리에 있었다. 그런데 몇 시간 떨어진 거리에 있던 페트로빅과 주코틱도 내 쪽으로 향했다. 그들은 나를 갖기 위해, 내 젊은 몸을 갖기 위해 죽을힘을 다해 경주했다. 나는 피가 얼어붙고 생식공이 굳는 걸 느꼈다. 부르르 발작을 일으키며 식도를 밖으로 구부렸다.

나는 상추 쪽으로 눈을 돌리고는 한순간(일생을 결정하는 그런 순간 중 하나)에 선택을 내렸다.

"내가 가요!"

나는 소리쳤다.

그러자 그녀-그도 움직였다.

여섯 달을 꼬박 달리느라 나는 심신이 지쳤다.

정열적인 돌진은 연체동물, 특히 우리 같은 달팽이들에게는

섹스 생각날 때 없니, 비스코비츠?

맞지 않았다. 비늘에 염증이 생기고 간충직은 너덜너덜해졌다. 번식기가 지나 호르몬 양이 줄었고, 그와 함께 낭만적인 열정도 사그라졌다. 젊음은 사라지고 점액은 말라붙었다. 풍경은 바뀌지 않았는데 내 몸은 점점 더 급속히 늙어 가는 게 보였다. 인생이 시간에 맞선 경주라면, 우리 달팽이들과의 경주에서 시간은 유리한 위치에서 출발하는 게 분명하다.

여행을 시작할 때만 해도 나는 환상을 품었다. 가는 길은 험난했지만 어쨌든 세상을 알게 됐고, 데시미터마다 탐험되지 않은 미지의 땅과 이국 문화를 알게 되었다. 하지만 세상 전체가 채소뿐이라는 것도 알았다. 그래도 나는 과거와 분명히 단절될 수 있다는 환상을 품었다. 뿔을 돌릴 때마다 익숙한 달팽이들이 언제나 그곳에 있었다. 그들은 내게 질책하는 눈길을 보냈고 실망하고 화난 표정을 지었다. 어린 시절의 달팽이들이 늘 보이는 곳에 있다. 나이 들어서도 마찬가지다. 우리에게 우연한 만남은 없고 사생활도 전혀 없다. 그러니 힘들게 등에 지고 다녀야 함에도 왜 껍데기가 꼭 필요한지 이해가 될 것이다.

나는 달밤에도 눈을 뜬 채 파슬리 향을 맡고 비늘에 부드러운 바람의 애무를 받으며 그녀-그를 만나기 위해 계속 기어갔다. 그리고 그녀-그도 나를 만나러 왔다. 나는 그녀-그를 만날 날만을 생각했다.

겨울이 지나고 다시 석 달이 흐른 후 봄이 왔다. 호박꽃의 첫 싹이 돋았다.

드디어 오매불망 기다리던 순간이 왔다…….

난 당황했다. 세상이 내 발치로 무너져 내리는 느낌이었다. 나를 만나러 올 거라고, 내 부름에 응답할 거라고 생각했는데! 그-그녀는 반사된 이미지였다. 나는 수도꼭지 주변을 돌면서 조용히 마지막 점액 방울을 짜내며 울고 있는 내 모습을 보았다. 불쌍한 비스코비츠. 내가 한없이 불쌍했다. 나는 수도꼭지 크롬 표면에 기대어 흐느끼기 시작했다.

이제 달리 뭘 할 수 있지? 오히려 웃음이 나왔다. 우리는 함께 웃었다. 하지만 곧 내 반사 이미지는 진지해지며 나를 주의 깊게 관찰하기 시작했다. 어쩜 저렇게 아름다울까! 너무나 부드럽고 여성스러웠으며 너무나 용감하고 남자다웠다. 나는 그 몸에서 눈을 뗄 수가 없었다. 나는 아직 눈부시게 아름다운 동물이었다. 이 세상 누구보다도 매력적이고, 연체동물치고는 놀라울 정도로 섹시했다. 환상적인 비늘에 육감적인 치설, 탄력 있고 단단한 육체, 보호용이지만 우아한 껍데기, 생식 기관……. 세상에! 한순간에 지난 모든 감정이 생생히 떠올랐다. 난 수줍어하며 눈 촉각을 서로 가까이 구부렸다. 처음으로 내 오른쪽 눈동자가 왼쪽 눈동자를 응시했다. 찌르르 전기가 오르면서 영혼의 전율이 느껴졌다. 난 이런 통속적인 말을 우물거릴 수밖에 없었다.

"사랑해, 비스코비츠."

"나도, 이 바보야."

나는 치설로 부드럽게 몸을 애무하며 다리 끝으로 중앙 부근을 쓰다듬었다. 콧구멍에서 느껴지는 뜨거운 열정이 껍데기 아

래로 전해졌다. 몸 중앙 부분에서 강렬한 흥분이 느껴지면서 몸
이 굳었다.

"세상에, 내가 뭘 하는 거지?"

나는 더듬거리며 말했다. 하지만 난 이제 내 팔에 나를 맡기
고, 내 몸을 움켜잡았다. 욕정에 사로잡혀 나를 꼭 끌어안았다.
끈적끈적한 진피가 느껴지자 몸이 부르르 떨렸고, 찐득찐득한
체액에 취했으며, 그 아름다운 사지를 소유하고 싶어 몸이 달았
다. 나는 필사적으로 나를 꼭 붙잡았다.

일이 끝난 뒤에야 나는 내가 열정에 사로잡혀 있는 동안 어느
새 껍데기에서 나와 벌거벗은 배를 밖으로 내밀고 성기에 바람
을 쐬고 있었다는 걸 알았다. 모두의 눈이 나한테 쏠려 있다는
것도. 1데시미터 반경 안에 세 달팽이 가족이 살고 있었다. 그러
니 그들의 반응이 어땠는지 상상할 수 있을 거다.

"역겨워! 별꼴 다 보겠네!"

한 이웃이 투덜거렸다.

"밖에 있으면 몸이 상할 거다, 비스코비츠."

또 다른 이웃이 소리쳐 말했다. 부모들은 아이들에게 돌아서
라고 소리쳤지만 아이들은 뿔을 돌려 훔쳐보았다.

"본때를 보여 주겠다."

이웃들이 협박했다. 마치 달팽이 한 마리가 누군가를 학대하
기라도 한 것처럼 굴었다. 나는 금세 배부르게 욕을 먹었다. 하
지만 껍데기 속으로 들어가기보다는 그들 앞에 당당히 몸을 세
우며 말했다.

"불완전한 자웅 동체는 당신들이에요!"

난 그 위선자들에게 소리쳤다.

그 후 내 평생 가장 행복한 나날이 이어졌다. 봄바람이 커다란 노란색 꽃잎 두 장을 날라다 주었다. 난 꽃잎 안으로 천천히 기어 들어가 향기를 맡으며 내가 연체동물이고 사랑에 빠진 것에 행복해했다. 나는 껍데기 대신 꽃잎을 새집으로 정했다. 껍데기가 너무 비좁아 자웅 동체의 에로틱한 사랑을 나누기에는 적합하지 않았기 때문이다. 그런데 내 이야기는 끊임없이 스캔들을 일으켰다.

"복족류 사회의 규율을 깨뜨린 전형적인 예야. '나' 대신 사회적인 것이 들어섰고, 나르시스적인 개성이 승리했어. 사적이고 개인적인 것에 관심을 기울인 탓이지."

고백건대 난 기꺼이 사적인 것에 관심을 기울이겠다. 척추가 없어서 좋은 점 중의 하나니까.

누군가 나를 정신 분석학적으로 이렇게 분석했다.

"2차 나르시시즘에서 욕구 불만의 사랑은 자기 자신한테 돌아가고 크기에 대한 망상에 빠지면서 자신을 지나치게 과대평가한다. 자신을 신이라고 느낀다."

아니다, 나는 내가 신이라고 생각해 본 적이 한 번도 없다. 신은 이렇게 말할 거다.

"노년기에 접어들면 어린 시절에 품었던 전지전능한 힘에 대한 행복한 확장의 꿈이 깨지고 나르시스트의 자기방어 체계가 무너진다⋯⋯."

섹스 생각날 때 없니, 비스코비츠?

솔직히 말해서 나는 늙는 것이 몹시 싫다. 늙는다는 것은 질투를 불러일으키는 일이다. 여러 차례 나는 내가 젊은 달팽이를 머릿속에 그린다는 사실에 깜짝 놀랐고, 마음이 갈가리 찢어졌다. 공상 속 달팽이는 자연히 언제나 나였다. 상추 잎에서 편히 쉬는 젊은 내 모습이었다. 하지만 그렇다고 해서 고통이 완화된 것은 아니다. 그래서 난 껍데기 속에 틀어박혀 눈물을 흘리곤 했다. 나는 내 사랑에 대답하지 않았다. 내 눈은 더 이상 나를 보지 않았다.

하지만 삶은 계속된다는 사실을 강조하련다. 내가 임신했기 때문이다. 나는 자가 수정의 해악에 대해 이러쿵저러쿵하는 소리들이 사실이어서 괴물들이 태어나면 어쩌나 하는 두려움에 떨었다. 껍데기에 돌기가 돋았거나 다리가 둘인 아이가 태어나서 남은 평생 죄책감에 시달리면 어쩌나 불안했다.

우려였다.

갓 태어난 새끼 달팽이, 내 아들 비스코비츠를 보자 우려였음을 알았다. 아름다운 복족류 폐하였다. 연체동물이라기보다 신성에 가까운, 부모 비스코비츠의 완벽한 복제판이었다. 너무나 귀여워서 멀리서도 단번에 눈에 띄는 달팽이였다. 멀리서도 한눈에 쏙 들어왔던 바로 그 달팽이였다. 어찌나 아름다운지! 나는 치설로 그 몸을 부드럽게 애무해 주고, 발끝으로 몸 중앙 부분을 쓰다듬었다⋯⋯.

"사랑해, 비스코비츠."

나는 더듬거리며 말했다.

“나도, 비스코비츠.”

내게 대답했다.

동화에서처럼 사랑이 승리했다. 하지만 이번에는 끝이 없을 거다. 우리의 사랑은 절대 끝이 없을 거다.

이웃들이 투덜거렸다.

“역겨워! 별꼴 다 보겠네!”

네 머리가 없어지고 있어,
비스코비츠

"아빠는 어땠어요?" 난 엄마에게 물었다.

"바삭바삭하고 약간 짭짤한 데다 섬유소도 풍부했지."

"엄마가 아빠를 먹기 전에 어땠느냐고요."

"불안하고 위태롭고 신경질적인 유형이었어. 너희 수컷들이 다 그렇듯 말이야, 비스코."

난 한 번도 보지 못한 아빠가 그 어느 때보다도 가깝게 느껴졌다. 엄마가 나를 임신한 동안 엄마의 위 속에서 소화되어 버린 그 아빠가 말이다. 난 아빠에게서 애정이 아닌 양분을 받았다. 나는 '고마워, 아빠.' 하고 생각했다. 가족을 위해 자신을 희생한다는 게 사마귀에게 무얼 뜻하는지 나는 안다.

나는 아빠의 무덤 앞에서, 다시 말해 엄마 앞에서 잠깐 명상에 잠기면서 찬송가를 읊었다.

잠시 후 죽음에 대한 생각은 어김없이 발기로 이어졌기에, 나는 사랑하는 곤충 리우바가 올 때가 되었다고 판단했다. 한 달전 내 누이의 결혼식이자 사촌의 장례식이기도 한 자리에서 나는 그녀를 만났다. 난 그녀의 잔인한 아름다움에 포로가 되고 말았다. 그때부터 우리는 계속 만났다. 그런 일이 어떻게 가능했을까? 하느님은 우리 사마귀에게 가장 소중한 선물로 나를 축복하셨다. 이른 사정, 즉 하루살이로 끝나지 않을 사랑 이야기의 필수 조건으로 말이다. 첫째 주에 나는 다리 한 짝과 먹이를 잡는 앞다리를 잃었고, 둘째 주에는 나는 데 필요한 부속 기관과 함께 앞가슴을 잃었고, 셋째 주에는……

"하지 마, 비스코, 하느님 맙소사!"

제일 높은 나뭇가지에 앉아 있던 내 친구 주코틱, 페트로빅 그리고 로페즈가 나를 향해 소리치기 시작했다. 그들에게 암컷은 악마였고, 여성 혐오증은 사명과도 같았다. 녀석들은 성적으로 비정상이거나 형태학적으로 기능 장애자들이었다. 사제의 서원을 맺었기에, 나는 성스러운 하루를 꼬박 꽃잎을 씹고 찬송가를 읊으며 보냈다. 몹시도 경건했다.

하지만 나를 멈추게 할 수 있는 기도는 없었다. 지금은 오직 내 아름다운 그녀의 차가운 숨결, 그녀의 피부막이 사각대는 소리와 음울한 냉소만이 느껴졌다. 나는 내게 남은 다리 하나로 소리 나는 쪽으로 미친 듯이 움직이면서 발기를 유지한 채 그녀의 영광스러운 모습을 보려고 애썼다. 이젠 눈이 없어서 그녀를 볼 수 없다. 이젠 촉각이 없어서 그녀의 냄새를 맡을 수 없다. 이젠 더듬이가 없어서 그녀한테 키스할 수가 없다.

이제 난 머리를 잃었다.

네 머리가 없어지고 있어, 비스코비츠

그래 봤자 소용없어, 비스코비츠

여러 계절에 걸친 이주 끝에, 나는 오버바이에른의 너도밤나무 숲에서 마땅한 장소를 찾아냈다. 수목이 무성하고 울창한 지역이었다. 호숫가 정경이 멋진 데다가 특히 엎어지면 코 닿을 곳에 밀 농장이 있었다. 낟알이 정말 풍부했다. 남들은 어떤지 몰라도 난 낟알을 무척 좋아한다. 또한 열매나 곤충, 달팽이 등등도 잘 먹는다. 사실 우리 재간둥이 되새들은 어떤 생계지에든 잘 정착한다. 서식지를 숱하게 돌아다녔고, 그러다 둥지를 틀기에 안성맞춤인 곳을 찾아낸 거라고 해도 과언이 아니다. 내 일가를 이루어야 할 때였다. 아버지처럼 영리하고, 어른 비스코비츠의 가르침을 따르려고 애쓰는 내 자손이 태어나야 할 때였다. 그래서 아직은 겨울이지만 할 일을 해야 한다고 호르몬이 내게 말하기 전에 나는 우선 둥지를 짓기 시작했다. 둥지를 설계하고 좋은 자재를 찾아 정성 들여 집을 짓느라 하루를 꼬박 보냈다. 되새들에게 제일 중요한 것은 둥지다. 둥지를 짓고 나야 사실

짝짓기에 나선 암컷들이 교미를 시작하기 때문이다.

내 새끼들의 엄마가 되려면 깃털이 눈부실 뿐만 아니라 몸매가 여성적이면서도 건강하고 다부지며 산란관이 잘 발달되고, 잠을 자지 않고 알을 지킬 만큼 책임감 있으며 윤리의식도 확고해야 한다.

이 점 때문에 나는 리우바를 선택했다.

"아, 비스코, 꿈만 같아!"

베란다에 발을 딛자마자 리우바가 재잘거렸다. 보고도 믿어지지 않는 모양이었다.

현관을 지나 바로 오른쪽에 알 낳는 장소가 있었다. 안에 깃털이 놓였고, 바람과 온도를 조절하기 위한 통풍구도 있었다. 왼쪽은 먹이 먹는 곳이었다. 껍질을 벗긴 낟알과 벗기지 않은 거친 낟알을 적절히 구분해 놓았다. 위층은 호수가 내려다보이는 야시시한 침실이었다. 빗물이 새지 않게 깃털, 풀, 양모, 꽃 등으로 안을 대 놓았다. 집 짓기 선수인 참새목의 방식대로 너도밤나무 가지로 집 뼈대를 단단히 엮어서 지탱했다. 그리고 제비들이 하듯이 점토와 타액을 한데 섞어 바른 다음 마른 배설물로 마무리하고는 향기 나는 담쟁이덩굴로 둥지 외벽을 위장했다. 담쟁이덩굴은 천적의 눈을 피하기에 좋았지만 이웃들의 질투 어린 부러움을 사기에도 충분했다. 장차 때가 오면 쇠물닭들처럼 호숫가에 둥지를 틀 생각이었다.

"아, 비스코, 모두 자기 거야?"

"우리 거야, 내 사랑."

그래 봤자 소용없어, 비스코비츠

"나 너무 흥분돼."

그녀는 첫 배란 중이었다. 나는 그걸 헤아렸다.

"사랑이야. 잠시 후면 지나가."

나는 그녀를 위층으로 안내했다.

"아, 비스코……."

며칠 후에 그녀는 아기 새들을 임신했다.

즐거운 사건을 기다리며 나는 테라스에서 내 영토를 감상하면서 기쁜 마음으로 시간을 보내곤 했다. 이렇게 좋은 곳에 영토 경쟁이 없다는 게 미심쩍었다. 멍청해 보이는 다른 연작류 세 마리만 보일 뿐이었다. 시간이 흐르자 나는 내 영토를 조용히 농장까지 넓힐 수 있었다. 내 미래 후손들이 부러움을 살 만했다. 나 같은 아버지를 둔 그 애들의 삶은 탄탄대로일 것이다.

난 별다른 이유 없이 이 가지 저 가지를 총총거리며 뛰어다녔다. 가지가 마음에 들었고, 내 가지들이었으니까.

갑자기 수상쩍은 소리가 들렸다. 내 영토, 내 물건 사이를 조심스레 살피는 새 한 마리가 보였다.

"멈춰라, 되새!"

내가 소리쳤다.

"미안해, 비스코. 나야, 페트로빅……. 나 다쳤어."

내 이웃 페트로빅이 깃털에 피를 흘리며 땅바닥에서 몸을 질질 끌고 있었다. 총에 맞은 것 같았다. 누가 페트로빅을 이 모양으로 만들었을까?

"뻐꾸기야, 비스코비츠, 내 깃털을 엄청 쪼아 대더군."

솔직히 고백하는데 나는 뻐꾸기를 잘 몰랐다. 시계에서 나와 '뻐꾹'대는 녀석들 정도로만 생각했다. 페트로빅은 훨씬 더 불안한 그림을 내게 그려 주었다. 우리보다 다섯 배는 더 크고…… 습관이 고약하다는 거였다.

"번식 기생한다고? 그게 무슨 말이야?"

"그놈들에겐 윤리의식이라는 게 없어, 비스코. 둥지를 만들지 않아. 구애를 하거나 신혼집을 만들지도 않고 나뭇가지 위에서 자기들 좋을 대로 일을 저지르지. 그러고는 다른 새들의 둥지에 알을 남겨 놓는 거야…… 네 알 하나를 없애고 대신 자기 알을 갖다 놓는 거지. 그놈들의 알은 우리 알과 비슷해서 통 분간이 안 돼. 이따금 그 빌어먹을 놈은 둥지 밖으로 새끼들을 던져 버리는 잔인한 짓도 저질러. 로페즈한테 그랬잖아."

"천하의 못된 놈들!"

"네가 둔해서 그놈의 알을 눈치채지 못하면 네 자식이라 믿고 몇 달 동안 줄기차게 입안에 먹이를 넣어 줄 거야. 주코틱이 그랬어. 일 년이나 놈의 새끼를 키웠지. 자기보다 네 배는 큰 뻐꾸기와 날아다니며 이렇게 말했어. '내 자식이 얼마나 큰지 봐.' 라고 말이야. 아무도 주코틱에게 진실을 말해 줄 용기가 없었어……"

"빌어먹을 놈들!"

"올해 내가 뻐꾸기 녀석을 쪼아 주었지. 내 둥지에 막 알을 바꿔치기하려는 순간에 말이야. 녀석에게 몇 방 먹였어."

하지만 몇 방 먹인 녀석은 분명 뻐꾸기였다.

그래 봤자 소용없어, 비스코비츠

나는 즉시 리우바에게 생각이 미쳤다. 언제 어느 순간에 알을 낳을지 몰랐다. 한시라도 빨리 둥지로 가서 보초를 서야 했다. 나는 페트로빅에게 인사를 하고 날아갔다.

"알에서 한시도 눈을 떼지 마, 비스코. 눈 깜짝할 사이야!"

페트로빅이 뒤에서 소리쳤다.

방에서 꽃 쿠션에 몸을 넌 리우바를 보았다. 나는 페트로빅이 말해 준 사실을 모두 그녀에게 전해 주었다. 모두들 뻐꾸기들이 있다는 사실을 알며, 놈들은 아주 위험한 녀석들이라고 말이다.

"하지만 걱정할 필요 없어, 비스코. 이 둥지는 튼튼한 벙커고, 자기는 이웃들처럼 멍청하지 않잖아."

"맞아, 맞아, 그래도 잠자지 않고 지키는 게 좋겠어."

나는 알이 있는 곳에서 사흘 동안 뜬눈으로 밤을 지샜다. 하느님은 예쁘고 새하얀 타원형 알 세 개를 우리에게 주셨다. 나는 알 크기를 잰 다음 부리로 알에다 '브이' 자를 새겼다. 알에 색깔을 들이려고 하자 리우바가 말렸다. 그러다 노른자에 물이 들기라도 하면 어쩌려고?

방심하면 안 된다. 보초를 서고 알을 품는 순번을 정했다. 먹이가 충분해서 둥지를 비울 필요가 없었다. 나는 문 뒤에 숨어서 보초를 섰다. 누군가 부리를 들이밀었다면 두 눈을 쪼아 줬을 거다. 뻐꾸기 얘기가 머릿속에서 지워지지 않았다. 몇 세기 동안 우리 되새들이 어떻게 속아 왔는지도 생각했다. 되새로서 자존심이 상했다. 사실 되새들이 속한 우리 연작류 중 많은 새들에겐 판에 박은 행동을 하는 나쁜 습성이 있었다. 우리는 머리에 모자를 쓴 허수아비를 보면 농부라고 생각했다. 둥지에서 입을 벌린 새끼에겐 억지로라도 입에 먹이를 넣어 주었다. 남들은 그런 점을 이용하곤 했다. 내 자식들에게 우선적으로 가르칠 것 중 하나는 의심이 미덕이라는 거다.

정적이 감도는 밤, 나는 알 껍데기에 귀를 대고 내 새끼들의 숨소리를 들었다.

리우바가 망볼 차례가 되자 난 잠깐 잠에 빠져들었다. 잠에서 깼을 때, 리우바가 깃털에 고개를 박고 코를 골고 있지 않은가!

나는 한바탕 난리를 피웠다. 아는 온갖 욕설을 지껄이다가 리우바에게까지 몇 마디 퍼부어 줬다.

"진정해, 비스코, 당신 브이 표가 아직 제자리에 있잖아. 난 알을 낳은 지 얼마 되지 않았다고. 이렇게 계속 나를 괴롭히면 안 되지."

"입을 놀릴 염치가 아직 있는 모양이군! 내가 뻐꾸기 새끼를 기르느라 한평생 뼈 빠지게 일해야 할 걸 생각해 봤어? 우리 새들이 몇천 년 동안 유전 경쟁에 뒤져서 어느 날 빌어먹을 뻐꾸기의 베이비시터 노릇을 했다는 걸 생각해 봤느냐고?"

나는 알들을 다시 살펴보았다. 솔직히 브이 자들 중 하나의 필체가 이상했다. 나는 알들 주위를 맴돌며 간절히 기도를 하기도 하고 욕도 퍼부으면서 뜬눈으로 사흘을 지새웠다. 깃털이 곤두설 정도로 신경이 예민했다.

마침내 새끼들이 알을 깨고 나왔다. 수컷 두 마리와 암컷 한 마리였다. 새끼들의 인상은 강렬했다. 작고 마른 몸집에 털이 듬성듬성한 새끼 세 마리는 부리를 활짝 벌린 채 쩍쩍거렸다. 나는 새끼들을 주의 깊게 살펴보았다.

"사랑스럽지 않아?"

"그런 것 같아."

나는 의심쩍은 목소리로 대답하고는 가운데 있는 새끼를 가만히 들여다보았다. 그 녀석은 분명 다른 두 마리와 달랐다.

"봐, 여기 요 녀석은 깃털이 불그스름해."

"노른자가 조금 묻어서 그래, 비스코. 그뿐이야."

"좋아, 하지만 이 녀석을 주의해서 볼 거야. 왜 다른 녀석들보다 더 요란스레 울어 대는 거지?"

"당신이 한 시간 내내 깃털을 골라 주니까 그렇지, 비스코."

"그럴지 모르지. 아무튼 다른 두 녀석과 격리하는 게 낫겠어."

"농담하는 거야? 불쌍한 어린것한테 상처가 될 거라는 생각해 봤어? 그리고 논리적으로 생각해 봐. 당신이 두려워하는 뻐꾸기 새끼라면 셋 중 덩치가 가장 커야 하잖아. 그런데 다른 녀석이 더 커."

"맞아, 다른 녀석한테서도 눈을 떼지 않는 게 좋겠어."

'눈'이라는 말을 하면서 나는 두 눈을 부릅떴다. 빌어먹을, 벌써 며칠째 잠을 자지 못한 걸까?

"아이들에겐 단백질이 필요해, 비스코. 어서 서둘러. 지렁이나 달팽이, 실뱀을 물어다 줘. 제일 좋은 먹이는 예쁜 실뱀일 거야."

실뱀? 말이야 쉽지. 지금 이 시간에 어디 가서 실뱀을 구하란 말이야?

어쨌든 나는 날아갔다. 시원한 바람을 쐬거나 나뭇가지에 연신 머리를 찧어 가며 잠을 깼다. 이리저리 돌아다닌 끝에 또다시 나의 날랜 솜씨와 영토를 환히 꾀고 있는 통찰력이 빛을 발했다. 먼동이 틀 무렵, 나는 예쁜 실뱀을 물고 둥지로 돌아왔다.

"훌륭해, 비스코. 자기가 해낼 줄 알았어. 이리 줘."

리우바가 달콤하게 속삭였다.

"아니! 내가 직접 실뱀을 먹이고 싶어!"

나는 먹이를 세 등분 해 새끼 암컷 입에 우선 한 토막 넣어 줬다.

"고마워요, 아빠."

녀석이 짹짹거렸다.

"들었어? 벌써 '아빠.'라고 말할 줄 알아! 그래, 요 녀석은 우리 새끼가 분명해."

그다음엔 깃털이 노란 새끼 수컷의 입안에 먹이를 넣어 주었다.

"고마워요, 아빠."

녀석이 옹알거렸다.

"들었어? 이 녀석도 아주 똑똑한 것 같아."

이윽고 마지막 토막을 물고, 깃털이 불그스름한 새끼에게 먹여 주었다.

"고마워요, 비스코. 실뱀이 나쁘지 않네요."

그래 봤자 소용없어, 비스코비츠

녀석이 재잘거렸다.

뼛속까지 소름이 끼쳤다.

나는 저주를 퍼부었다.

"이 녀석이야! 이 녀석이라고! 이 녀석이란 걸 단박에 알아챘어, 빌어먹을 놈 같으니!"

나는 녀석의 목을 붙잡았다.

"털어놔! 털어놓으란 말이야, 천하에 몹쓸 놈! 나를 속이려들어, 응! 조용히 넘어갈 수 있을 거라 생각했니, 더러운 놈아?"

녀석은 목이 잘리기라도 한 듯 울음을 터뜨렸다. 리우바는 나한테 달려들어 생난리를 쳤다. 나는 바닥에 날개를 내려뜨리고 마음을 가라앉혔다.

"다시는 아이들 털끝 하나라도 건드리지 마. 그랬다간 당신을 죽여 버리겠어!"

리우바가 분통을 터뜨렸다.

"하늘에 맹세코, 또다시 뻐꾸기 운운하는 소리가 들리면 아이들을 데리고 떠날 거야! 아니, 지금 떠나겠어!"

리우바는 화가 나서 제정신이 아니었다.

"기다려, 여보, 우리 이렇게 끝내지 말자. 당신 사랑하는 거 알잖아. 당신과 아이들을 사랑해. 나한테 세상 전부나 마찬가지야. 용서해 줘, 다시는 이런 짓 하지 않을게. 뻐꾸기 얘기는……."

"그놈의 소리 다시는 듣고 싶지 않댔잖아!"

"알았어, 알았다고. 한숨 푹 자고 일어나는 게 좋겠어. 정말 한숨 푹 자고 싶어."

그 녀석은 리우바의 품에서 연신 구슬프게 흐느꼈다. 더는 어쩔 수 없었다.

"졸음이 쏟아져, 리우바. 제발 아이들을 잘 보고 있어⋯⋯. 내 말은⋯⋯. 당신이 알아서 생각해."

나는 돌덩이처럼 쓰러져 잠이 들었다.

잠에서 깼을 때 리우바와 아이들 모습이 보이지 않았다. 마치 매가 휩쓸고 지나간 것처럼 둥지는 엉망이었다.

"리우바!"

나는 소리쳤다.

"우리 여기 베란다에 있어, 비스코. 먹이를 구해 와야겠어, 여보. 낟알이 다 떨어졌어."

"다 떨어졌다고? 이런, 내가 얼마나 잔 거지?"

"사흘이야, 여보."

아이들은 햇살을 온몸에 받으며 꾸벅꾸벅 졸고 있었다. 나는 주의 깊게 아이들을 살폈다.

"혹시 이상한 짓 하는 녀석 없었어, 리우바?"

"당신밖에는, 비스코비츠."

아이들의 깃털은 어느새 자라나 있었다. 두 뺨, 목, 가슴에는 잿빛 털이, 날개와 꼬리 주변에는 흰 얼룩이 있는 검은 털이 돋아나 있었다. 세 마리 모두 물방울처럼 꼭 닮았다. 아주 다행이었다. 축하 파티라도 열어야 했다. 다락방에 아직 까치밥나무 열매가 남아 있었다. 나는 그걸 가지러 갔다.

위층에 올라가자 믿어지지 않는 광경에 두 눈이 어지러웠다.

그래 봤자 소용없어, 비스코비츠

털이 쭈뼛 섰고, 입을 헤벌린 채 난 돌처럼 굳어 버렸다. 내 침대에 누군가 있었다. 커다란 새가 날개를 벌린 채 내 깃털 침대에 자리를 잡고 있었다!

"리우바! 이게 도대체 무슨 일이야?"

내가 소리쳤다.

리우바가 달려왔다. 그사이 녀석은 침대에서 벌떡 일어나더니 떡하니 버티고 섰다. 덩치가 리우바만 했다. 그러니까 나보다 네 배는 컸다. 가슴은 잿빛이었고 검은 날개엔 흰 얼룩이 박혀 있었다. 녀석은 부리를 벌려 이렇게 말했다.

"뻐꾹, 비스코비츠."

내 새끼들이 올라오는 게 보였다. 하지만 어린 새끼들이 아니었다. 이미 나보다 부리 하나는 더 컸으니까.

"뻐꾹, 비스코비츠."

새끼들이 소리를 맞춰 내게 뻐꾹거렸다.

나는 리우바를 쳐다보았다. 그리고 그녀의 미소를 보았다.

"뻐꾹, 비스코비츠."

리우바가 말했다.

머리가 빙글빙글 돌았다. 정말이지 무슨 말을 해야 할지 몰랐다.

"뻐꾹."

나는 예의 바르게 대꾸했다.

뿔이 있군, 비스코비츠

나, 비스코비츠는 용감하고 훌륭하다. 하지만 뿔을 내리면⋯⋯.

난 떨리는 울음을 뱉으며 공격 태세를 갖췄다.

우리 엘크*들은 늘 그래 왔다. 승자가 발정한 모든 암컷들을 차지한다. 뿔이 꺾인 다른 사슴들에게는 환상밖에 남지 않는다. 딱 한 마리 적수가 영광과 사랑과 권력으로부터 나를 떼어 놓았다. 실패할 수는 없었다. 한순간의 방심이나 하찮은 두려움이, 몸을 단련하고 발을 구르며 기다려 온 일 년을 망치게 놔둘 수는 없었다⋯⋯.

나는 500킬로그램의 몸무게를 실어 준마처럼 전속력으로 놈에게 달려들었다. 하지만 타격을 가하려는 순간 내 라이벌 페트로빅은 비열한 게임을 벌였다. 그는 생쥐처럼 몸을 웅크리며 내가 헛발질을 하게 만들었다. 다리 공격에 걸려 넘어진 나는 땅

---

* 수컷은 어깨 높이가 1.5미터 이상이고, 뿔은 머리 위로 약 1.2미터 올라간다.

바닥에 얼굴을 처박고 말았다. 이젠 동정을 구하는 길밖에 없었다. 페트로빅은 다시 한번 나를 뿔로 들이받은 후 상을 받기 위해 암사슴들이 있는 곳으로 갔다.

　그날 저녁 나는 절뚝거리며 덤불로 피신해서 상처를 핥았다. 그리고 이윽고 우물까지 몸을 질질 끌고 가 자나를 찾았다.

　"안녕, 자나."

　나는 숨을 헐떡이며 말했다.

　"기분 더럽겠는걸, 비스코비츠."

　어스름한 저녁 빛이 자나를 감싸고 있었다. 풀을 뜯는 동안 자나의 젖가슴이 땅바닥을 스쳤다.

　"이번에도 꼴이 말이 아니구나, 비스코."

　자나가 비웃었다. 자나의 몸에 붙은 사면발이를 떼어 줬더라면 함께 산책을 했을 테고, 그녀의 몸에 난 가려운 옴 자국을 긁어 줬다면 이런 말까지 서슴진 않았을 텐데.

　'넌 최고야, 이 지역 챔피언에다 넘버원이야.'

　그렇게 겨울이 지나갔다.

　그동안 나는 봄을 위해 단련을 했다. 그리고 뿔을 벼렸다. 왜냐하면 난 엘크이고 머리에는 생각만 들어 있는 게 아니라 긴 칼도 있으니까.

　새로운 계절이 오고 암컷들의 발정기가 돌아왔을 때, 우리 독신 엘크들은 산 밑에 모여 누가 페트로빅과 맞서 싸울지 결정했다. 천성적인 기지를 발휘해 나는 노련한 경험과 세월을 통해 익힌 술수를 이용해 그들을 몰아붙였다. 로페즈와 주코틱, 다른 엘크들에게 도전자는 이번에도 나뿐이라는 사실을 이해시키는 데 고작 십오 분이 걸렸다. 몇몇 젊은 엘크들에게는 수완이 통하지 않아 공포심을 심어 줘야 했고, 녀석들은 숲에서 상처를 핥았다. 산꼭대기에서 줄곧 지켜보던 페트로빅은 즉시 공격 태세를 갖췄다. 나는 이번에는 뛰지 않고 계곡 끝에서 놈을 기다렸다. 페트로빅은 늙고 쇠약했으며, 핏기가 없고 비틀거렸다. 나는 놈이 안됐다 싶을 때까지 몇 차례 떡갈나무로 밀어붙였다.

싸움이 끝나자 나는 산길로 접어들었다. 암사슴들이 나를 기다리고 있었다. 암컷들의 작은 머리가 바위 뒤에서 삐죽삐죽 나와 있었다. 공기에서 암컷 냄새가 났다. 듣기 좋은 웅성거림이 들렸다.

"누가 이겼어?"

"비스코비츠가 이쪽으로 오고 있어."

그녀들 앞에 섰을 때 나는 발정기에 오른 암컷들에게서 기대했던 인상을 그대로 받지 못했다. 암컷들이 몸을 떨며 콧소리를 연발할 거라고 상상했는데, 암컷 두 마리는 코를 골며 자고, 다른 암컷들은 배를 깔고 누워 꼬리로 등을 쳤으며, 몇 마리는 풀을 뜯었다. 아무튼 무리에서 가장 군침 도는 암컷이 앞으로 나와 말했다.

"난 우두머리 암컷이에요. 싸움에서 이겼으니 당신은 암컷들의 자랑이며, 우리의 주인이자 지배자예요. 당신은 나와 제일 먼저 교미할 거예요. 그다음 다른 암컷들과 하게 되죠. 우리는 당신의 활기찬 자손들을 많이 낳아 줄 거예요."

뿔이 있군, 비스코비츠

"그 점은 안심해도 돼요."

"당연히 당신은 무리의 안전과 번성을 준비해야 할 거예요. 새로운 영토를 발굴하여 지배하고, 우리의 목초지를 늘 지켜야 해요. 늑대와 살쾡이를 물리치고, 밤이나 낮이나 산꼭대기에서 망을 보면서 사냥꾼이 접근 못 하게 막아야 하죠. 다른 무리들의 공포의 대상이 될 거고, 영토를 지킬 거예요. 여기서는 당신이 유일한 뿔사슴이기 때문에 높은 데 있는 가지를 내려서 우리가 연한 잎을 뜯게 해 줘야 해요. 우리 몸에 붙은 사면발이를 떼어 줘야 하고요. 당신 자손들의 모범이 돼야 하고 그 애들의 교육에 신경 써야 해요. 우리가 임신하면 사소한 변덕을 모두 만족시켜 줘야 하고요. 늘 지혜로 다스리고 공정하게 재판해서 모든 분쟁을 해결해야 해요. 산에 다른 수컷들이 출입하게 해서는 안 돼요. 그들의 불순한 씨가 우리에게 접근 못 하게 해야 하죠. 발정기에는 영토 안에 있는 라이벌들과 상대할 거예요. 어느 날 늙고 지쳐서 젊고 혈기 왕성한 도전자에게 무릎을 꿇을 때까지 말이에요. 그 도전자들 중에는 당신 자식도 있을 거예요. 만일 당신이 죽으면 당신 뿔은 당신 전임자들의 뿔과 함께 묻히죠. 우리들의 감사와 존경에 찬 경의를 받으면서 말이에요. 내 이름은 리우바랍니다."

"난 비스코비츠, 내 사랑. 당신 피부가 아름답네, 리우바……. 지금 내가 무얼 하고 싶은지 알아? 당신과 함께 숲에 들어가 멋진 산책을 하는 거야……."

"유감스럽지만 안 돼요. 당신이 나와 교미하고 싶을 땐, 중요

한 문제라서 하는 말인데, 여기 산에서 해야 해요. 무리를 보호
자 없이 내버려두어선 안 돼요."

"여기? 모두 앞에서?"

"그것이 규율이랍니다, 폐하."

"좋아, 날이 저물면 다시 말해 보지. 그런데 부탁이 있어, 귀
여운 망아지. 나를 비스코라 불러 줘."

그날 저녁, 날이 저문 다음 난 보초를 섰다. 평온한 밤이었다.
어린 사슴들은 드르릉 코를 고는 어미 사슴의 다리 사이에서 몸
을 옹크린 채 잠을 잤다. 리우바만이 계속 풀을 뜯으며 이따금
내게 눈길을 던졌다. 내가 휘파람을 불자 리우바는 곧 쪼르르
걸어왔다. 분명 우리는 눈빛만으로도 재빨리 서로를 이해했다.
달빛에 그녀의 커다랗고 촉촉한 눈망울이 빛났다. 나는 그녀를
애무하기 시작했다. 나는 다소 허둥댔다. 헤헤, 이해할 수 있는
일 아닌가. 난 그녀의 등 뒤로 올라가 앞발로 그녀를 꼭 붙들고
이빨로 그녀의 목을 물었다. 그리고…….

"이 소리가 뭐지?"

"늑대가 어린 사슴 한 마리를 잡아먹고 있나 봐요, 폐하."

"음, 내 새끼가 아니니 별일 아니군……. 내 말은…… 물론 지
금 내려가서 사태를 정리해야겠지……. 하지만 부탁인데 나를
비스코라 불러 줘."

늑대 한 마리가 숲에서 마음껏 뜯어먹을 심산으로 씩씩거리
며 어린 사슴의 목을 물고 몰래 도망가고 있었다. 나는 뒤에서
늑대를 뿔로 받고 공중으로 걷어찼다. 그런데 그사이 다른 빌어

뿔이 있군, 비스코비츠

먹을 악당 두 녀석이 숲에서 불쑥 나타났고, 난 뒷다리에 공격을 받았다. 나는 앞다리에 무게를 실어 녀석을 걷어차 떼어 냈다. 놈들은 날을 잘못 골랐다. 나는 온 힘을 다해 세 번째 녀석을 뿔로 받았다. 그것으로 싸움은 끝났다. 다른 녀석들은 줄행랑을 쳤다. 당분간 녀석들을 다시 보지 못할 거라 생각한다. 그것으로 저녁 파티는 엉망이 됐다. 두 다리와 배에서 피가 흘렀다. 긴 하루였다. 등줄기에 힘이 빠져 배를 내밀고, 암컷들이 상처를 핥게 내버려두었다. 암컷 한 마리가 다른 암컷에게 말하는 소리가 들렸다.

"내가 뭐랬어? 비스코가 녀석들을 정리할 거랬잖아."

이윽고 난 쓰러졌다.

다음 날 몸이 채 회복되기도 전에 난 살쾡이들을 상대했고, 또다시 저녁 무렵에는 암컷 냄새에 이끌려 계곡에서 올라온 버르장머리 없는 수사슴 두 녀석을 손봐 줘야 했다. 녀석들을 손봐 주는 것은 어려운 일이 아니었다. 하지만 내가 처한 상황 때문에 그리 손쉬운 일도 아니었다. 몸이 천근만근이었지만 녀석들이 제멋대로 행동한다면 무슨 일이 벌어질지 상상할 수 있을 거다. 나는 담대하게 견디기로 결심했다. 나는 다리가 멀쩡한 척하면서 힘차게 걸어야 했다. 그 순간 내가 고통에 몸을 떨며 욕설을 퍼부었다는 걸 하느님만은 아실 거다. 두 녀석 중 더 공격적인 녀석 앞에서 나는 우리가 '마지막 울음'이라고 이름 붙인 소리를 내뱉었다. 그 소리는 저 아래 평지에서처럼 산 위에서도 끝까지 싸울 거라는 걸 의미했다. 천만다행히도 두 녀석은 뿔을 돌렸다. 만일 녀석들에게 공격할 배포가 있었다면……. 그점에 대해서는 생각하지 않는 게 좋겠다. 암컷들이 수군대는 소리가 들렸다.

"비스코는 정말 용감해. 봤니? 만일 내가 저분 아래에 있다면."

그다음 나는 땅바닥에 쓰러졌다.

다음 날 몸이 한결 나아지기 시작했다. 원기가 되살아나면서 뭔가 허기가 느껴졌다. 나는 그날을 온전히 리우바에게 바치기로 결심했다. 그녀를 부르자 그녀는 두 번 부탁하게 하지 않았다. 하지만 그녀의 신경이 다소 날카로워졌다는 걸 곧 감지했다.

"아직도 당신의 자랑스러운 비스코가 두려운가?"

나는 슬며시 말의 웃음을 흘리며 말했다.

"그게 아니에요, 나의 주인님. 숲에서 총성이 들렸어요."

"당신 상상이야. 재앙이 한꺼번에 닥치지는 않아. 약간 흥분해서 그런 거야. 나도……."

총성이 여러 번 이어진 후 숲에서 숨이 떨어지는 고통스러운 울음이 들려왔다.

"내가 뭘 할지 생각해 보겠어. 하지만 부탁이야. 다음번에는 나를 비스코라 불러 줘."

나는 숲에서 내려와 무리가 안전해지도록 사냥꾼들을 내 쪽으로 유인했다. 흔적을 남기기도 하고 지우기도 하면서 산과 계곡을 이리저리 헤집고 뛰어다녔다. 총알이 두 번 발사됐고, 총알 세례를 받기도 했다. 이윽고 한밤중이 돼서야 나는 지친 몸을 이끌고 산꼭대기로 천천히 돌아왔다.

암컷 두 마리가 아직 깨어 있었다. 한 마리가 다른 암컷에게 말하는 소리가 들렸다.

"비스코비츠는 정말 대단해! 그와 함께라면 조용히 잘 수 있을 거야."

그다음 나는 쓰러졌다.

다음 날 나는 가뿐히 눈을 떴다. 우리가 있는 곳으로 사냥꾼들은 일주일에 한 번 이상 오지 않는다. 늑대와 살쾡이 들에게는 본때를 보여 줬다. 그리고 수사슴들……. 그들은 멀찌감치 떨어져 있는 게 좋았다. 햇볕이 따스하게 내리쬐는 날이었다. 공기가 맑아서 바위산의 정경이 정말 볼만했다. 내가 엘크라서 멋지게 보이는 걸 거다. 그런데 그 뾰족뾰족한 산봉우리들이 내게는 마치 무적 뿔같이 보였다. 나는 긴 울음을 내뱉었다. 그래야 기분이 좋으니까. 나는 다른 산에서 다른 무리 대장이 내게 응답해 오지 않을까 기쁜 마음으로 기다렸다. 모든 산꼭대기에는 우리 엘크들이 있으니까. 새끼 사슴들이 즐겁게 풀을 뜯었다. 무리는 평온했다. 풀을 조금 먹은 후 나는 암컷들을 불러 모았다. 암컷 망아지들이 또박또박 걸어오는 모습이란! 우리는 그동안 미루고 미루며 참아 온 일을 벌일 참이었다. 저녁을 기다릴 이유가 없었다. 지금부터는 내 마음대로 할 것이다. 자기 집에서 부끄러워할 이유가 전혀 없지 않은가. 리우바가 있었다. 라라, 올가, 그리고 알치나도 있었다……. 위대한 엘크인 나였지만 처음이라 어찌나 흥분되던지!

"아가씨들, 오늘 우리 모두는 자손의 번성과 활기를 우리 무리에 보장해 주기 위해 함께 일할 거야. 앞으로 나와, 리우바."

"유감스럽지만 안 돼요, 주인님."

"농담이라도 그런 말은 마……."

"발정기가 끝났답니다, 주인님. 이제 내년을 기약해야 해요. 우리가 다시 한번 함께할 영광이 주어진다면 말이에요. 그사이 당신은 우리의 유일한 주인님으로 남을 거예요. 친절히 저 가지를 내려 주신다면 우리는……."

자나는 사면발이들이 익사하도록 늪에 몸을 반쯤 담근 채 연못에서 움직이지 않았다.

"기분 더럽겠네요, 폐하."

뿔이 있군, 비스코비츠

번쩍인다고 다 금은 아니다,
비스코비츠

난 태어나자마자 칭찬을 받았다.

"어쩜 너무 예쁘다."

엄마가 기뻐했다.

"벌써 다 자란 갑충이네. 다른 애들보다 색깔도 더 진하고 매력적이야!"

엄마는 자기가 본 것에 몹시 흡족해했다. 갓 태어난 나의 미모는 대단한 게 틀림없다.

나는 세상에 나와서 기뻤다. 천적이 없는지 확인하기 위해 주변을 한 바퀴 둘러보았다. 파티가 그렇게 빨리 끝나는 건 짜증 나니까. 내 주변에는 수많은 다른 코홀리개들이 있었다. 그 애들은 이제 막 유충 단계를 끝내고 자신들의 '배'를 간신히 비집고 나와 이리저리 어렵게 걸음마를 뗐다. 아름다움이 금방 사그라지듯 비록 이 시기도 금방 지나가지만 그 애들보다 유리한 입장에서 삶을 시작한다는 생각에 기뻤다. 하지만 아빠가 그 벅찬

감동에 찬물을 끼얹으려 했다.

"네 엄마 말은 듣지 마라, 비스코. 아름다운 모습은 우리 같은 벌레들에겐 전혀 득이 되지 않아."

"그래요?"

"물론이다, 아들아. 네가 처한 상황이 어떤지 빨리 깨닫는 게 좋겠구나. 우리는 쇠똥구리란다, 얘야. 우리가 생존하는 데 제일 중요한 것은…… 음, 그래…… 똥이다."

나는 어안이 벙벙했다. 도통 무슨 말인지 이해할 수가 없었다. 하지만 낙담한 표정으로 외피에 몸을 옹크린 채 그 말을 하는 아빠의 태도에 나는 다소 불안해졌다.

"하지만 지금은 파티를 즐기자꾸나. 이건 아주 맛있단다. 네가 좋아할 거다."

약간 걱정스러운 듯 아빠는 다리 사이에 쥐고 있던 거무스름한 둥근 알맹이를 내게 내밀었다. 미심쩍은 마음에 나는 살짝 맛보았다. 구역질이 났다. 하느님 맙소사, 정말 우리의 삶이 이 더러운 것 주변에서 돌아가는 건가요?

"넌 우리의 첫 자식이다, 비스코. 너를 세상에 태어나게 하기가 쉽지 않았어. 애벌레를 키우기 위해선 3센티미터짜리 둥근 쇠똥 알이 필요하단다. 우리는 그 알을 '배'라고 부르지. 그 쇠똥 알들을 선물처럼 쉽게 얻는다고는 생각하지 마라."

"경쟁이 심한가요?"

"그렇단다, 얘야. 가뭄이 들어서 동물들이 없거든. 재료는 적고 우리 수는 많지. 1킬로그램짜리 한 덩어리 주위에서 십 분을

번쩍인다고 다 금은 아니다, 비스코비츠

돌아다니다 보면 그 안에서 쇠똥구리들을 5000마리쯤 만나지. 안에 들어가서 숨은 녀석도 있고, 파내는 녀석도 있고, 굴리는 녀석도 있고……."

"안에 들어가서 숨다니요?"

"그래, 그런 쇠똥구리도 있단다. 그 작은 쇠똥구리들은 네가 둥글게 빚는 쇠똥 알 속으로 들어가서 그 안에서부터 먹어 치운단다. 조심하지 않으면 네 애벌레도 먹어 치울지 몰라! 그리고 헬리코프리스도 있단다. 굴착기들 같아. 무지막지한 불도저들이지. 20그램 이상 나가는 놈들이다. 그런 놈을 만나거든 녀석이 말하는 대로 순순히 따르는 게 좋다, 아들아."

"명심할게요, 아빠."

"하지만 특히 네 동족을 조심해야 한다. 파내고 둥글게 빚고 배를 굴리는 것은 아주 힘든 일이야. 한 삼십여 분 걸리지. 네가 유능하다면 이십 분 정도 걸릴 거고. 배설물이 모두 똑같지는 않단다. 배설물의 습도와 강도를 분석하면서 반죽을 해야 해. 반죽이 끝나면 모난 데를 찾아서 동글동글하게 빚어야 한다. 그러고 나서 머리로 받고 뒷다리로 밀면서 굴려야 해. 그사이 다리를 갈퀴처럼 사용하면서 가다가 눈에 띄는 대변을 그 위에 덧발라야 한다. 에너지가 필요한 작업이다. 에너지는 똥을 필요로 한다. 그러니 쇠똥 알을 얻는 가장 좋은 전략은 남의 것을 훔치는 거야. 네가 탈진하고 배가 완성되면 목숨을 걸고 지켜야 한다. 그렇지 않으면 다른 녀석들이 강제로 네 것을 빼앗아 갈 거야. 네 가장 친한 친구들, 같이 자랐던 녀석들도 조심해야 해. 똥은 우리보다 강하다, 비스코. 우리 영혼을 먹어 치우지.”

“아빠, 앞날개 아래 이 기관은 무엇에 쓰는 거예요?”

나는 화제를 바꾸기 위해 그런 질문을 던졌다.

“막으로 구성된 날개란다. 하늘을 날게 해 주지.”

“날아요! 우와, 그거 정말 빅 뉴스네요!”

“하지만 조심해라. 비행은 많은 에너지를 요구한단다. 먼저 네 신진대사 속도와 체온을 높여야 해. 그러고 나서 날기 위해 몸을 떨어야 한다.”

“몸을 떨어요?”

“그래, 몸을 떨어 에너지를 충전해서 비행을 준비한단다. 하지만 먼저, 날 수 있도록 배설물을 충분히 먹어야 해. 요즘 우리에겐 대개 겨우 배설물을 얻을 정도의 에너지밖에 없단다. 그러니까 에너지를 겨우 얻을 정도의 배설물밖에 없다는 소리야. 서둘러 퇴비에 갈 때만 날아야 한다는 거지. 결국 얘기가 늘 거기로 돌아가는구나, 비스코.”

“배설물로요?”

“그래, 하지만 우리의 행동을 경멸스럽게 생각하지 마라. 오히려 그 반대지. 우리 쇠똥구리들은 생태계를 위해 꼭 필요한 곤충이란다. 퇴비를 없애 주니까 말이다. 안 그러면 땅에 퇴비가 쌓여 식물들이 질식하고 말 거다. 뿐만 아니라 땅을 더욱 비옥하고 쾌적하게 만들지. 기생충과 병원균의 번식도 지연하고, 배설물을 먹고 번식하는 파리 숫자도 줄여 준단다.”

아빠는 자랑스러운 마음에 자신의 신진대사가 허용하는 한

번쩍인다고 다 금은 아니다, 비스코비츠

힘껏 몸을 떨며 열변했다.

그다음 날 우리는 내 탄생 탓에 잃어버린 시간을 만회하려고
아침 일찍 비행에 나섰다. 슬그머니 미안한 마음이 생기기 시작
할 무렵, 코끼리 떼가 물을 마시는 모습이 보였다. 아빠는 나를
위해 특별 강의를 했다. 코끼리가 만들어 내는 똥은 영양분을
구할 가능성이 가장 높은 길인 듯했다. 이따금 그 동물들이 제
똥을 밟기도 한다고 했다. 감히 그 한가운데로 들어가 물건을
가져올 수 있는 용기를 내기란 정말 어려운 일이었다. 그런데도
첫 번째 배설물이 나오자마자 쇠똥구리 수천 마리가 마법에라
도 걸린 듯 그 위로 득달같이 몰려들었다. 아빠도 선두 주자들
사이에 있었다. 나는 그 자리에서 아빠의 행동을 배우고 익히
며, 난생처음 보는 사건에 익숙해지려고 노력했다. 하지만 곧
그 광경은 몸과 똥이 뒤범벅되는 생지옥, 난투극과 고함과 욕설
이 난무하는 혼란의 도가니로 변했다. 나는 얼이 빠져 움직이지
못했다. 특히 악취와 코끼리 울음소리와 공포에 질렸다. 나는
우리에게 자비를 베풀어 달라고 하느님께 빌었다.

그 난투극 한가운데서 아빠의 더듬이가 삐죽 보이자, 정말 기
적 같았다. 아빠는 자신보다 더 큰 코끼리 똥 알을 끌어안고 낑
낑대며 밖으로 나왔다. 내 동생을 보게 해 줄 정도로 많은 양은
아니었지만 다음 전투까지 버티는 데 필요한 에너지원으로는
충분했다. 아빠는 앞날개로 내게 신호를 보냈다. 몹시 지치고
상처를 입었지만 아빠의 입가에는 만족스러운 앞날을 예상하는

미소가 슬며시 피어올랐다. 하지만 아빠의 환희는 오래가지 않았다. 웬 녀석 둘이 잎사귀 밑에서 불쑥 튀어나와 아빠를 짓밟기 시작한 것이다. 녀석들은 아빠를 뒤집어 놓고는 '배'를 움켜쥐었다. 아빠가 다시 공격 자세를 취하자 녀석들은 다시 아빠를 짓밟았다. 도움을 요청하는 아빠의 소리를 들었지만 나는 아직 신진대사를 빨리 해서 몸을 떠는 방법을 제대로 배우지 못했다. 그래서 나도 뒤집혀 얻어맞고 말았다. 의식을 되찾았을 때 아빠의 몸이 산산조각 나 흩어진 게 보였다. 아빠를 죽인 잔인한 놈들이 똥을 들고 사라지는 게 멀리 보였다. 엄마가 놈들과 함께였다. 서둘러 승자의 마차에 올라탄 거였다.

그날부터는 몸을 떠는 것이 문제가 아니었다. 나는 모두에게 적개심을 품었다. 하느님 없는 세상에서 유일한 가치는 살아남는 것, 즉 생존이었다. 오직 생존만이 내 신앙이었다. 나는 삶의 의미를 그램 단위로 재기 시작했다.

나는 노약자들을 강탈하고 때리는 불량배 무리에 들어가서 모든 범죄에 가담했다. 나는 그것이 강자의 법이라고 말했다. 그 법은 내가 만들어 낸 게 아니었다. 한 친척에게서 '배' 두 개를 훔쳤지만 그것으로 내 끝없는 소유욕이 채워지지는 않았다. 그래서 부의 원천이 되는 곳에서 부를 찾기로 결심했다. 똥을 만들어 내는 동물들의 피부를 움켜잡고 그들을 따라 이동하기 시작했다. 그런 식으로 비행에 쓰이는 에너지를 아꼈다. 동물들이 똥을 싸면 늘 내가 제일 먼저였다. 바람이 연못같이 잔잔한 죽음의 지대로 똥 냄새를 실어 가면, 그 자리가 북새통이 되기

번쩍인다고 다 금은 아니다, 비스코비츠

전 삼십 분 정도의 여유가 있었다. 아주 힘든 일이었지만 보상은 두둑했다. 곧 사유물을 축적하고, 부하들을 모으고, 호위 사병을 기르기에 충분한 재산을 모았다. 단시간에 나는 조직의 우두머리가 되었다. 조직은 사바나 지역을 지배하고 몇몇 집단에 독점권을 행사했다. 화폐 교환 가치와 선물 시장과 자본 흐름을 통제했다. 한 계절이 지나면서 나는 몇백 킬로그램에 달하는 똥 재산을 상당 부분 현금으로 축적했다.

나는 남들의 칭송과 시기를 받을 만큼 성공한 곤충이 되었다. 오직 재산 그 자체에 존경과 아첨이 쏟아졌다. 나는 그것이 쇠 똥구리로서 누릴 수 있는 행복의 전부라고 생각했다. 하지만 어느 순간 그 점을 다시 생각하게 됐다.

나는 꽃잎에서 그녀를 보았다. 그녀의 껍데기는 새벽 여명처럼 붉었고, 앞가슴은 황금빛으로 찬란히 빛났다. 작은 태양이 꽃잎 사이에서 노니는 듯했다. 그녀에 대해 무슨 말을 할 수 있을까? 그녀의 아름다움은 순수하면서도 복잡했다. 그녀 몸의 각 부위, 등딱지, 앞가슴, 가슴 가운데, 기문은 내 두 겹눈에 기쁨이면서 고통이었다. 그녀는 풍뎅잇과의 여왕이었다. 나는 이제 그녀 없이 살 수 없었다. 마침내 내 사랑이 얼굴과 이름을 드러냈다. 리우바였다.

귀중품을 한 아름 그녀에게 보낼까도 생각해 보았지만 곧 시시하게 느껴졌다. 재산으로 그녀의 호감을 사고 싶지 않았다. 그녀는 계절풍을 타고 막 도착한 터라 나에 대해 전혀 알지 못했다. 그녀는 꽃, 나무, 송진, 열매에 대해 말하길 좋아했다. 딱

정벌레에게는 좀처럼 없는 성향이었다. 그녀와는 갈색 물질을 거론하지 않고 몇 시간씩 대화할 수 있었다. 아, 그녀와 함께 있는 게 얼마나 신선했는지! 그녀는 달콤하고 향기 나고 색깔이 화려한 것이라면 모두 매력을 느꼈다. 이러한 그녀의 열정에 감염되어 처음으로 삶이 내게 경이로움과 신비로 가득 찬 모험으로 비쳤고, 세상은 곤충과 만물 사이의 조화를 축복하는 완벽한 장소 같았다.

나는 그녀를 사랑한다고 말했다.

"나도 너를 좋아해, 비스코. 너의 동반자가 되고 싶어."

"곤충인 나 자체로 나를 좋아한다는 말이지? 그런데 내 재산이 얼마나 되는지엔 관심 없어?"

"없어, 그게 뭐가 중요해?"

마음이 스르르 풀어졌다. 꿈일까 생시일까? 쇠똥구리에게도 마음이 있는 걸까? 우리는 혼인 비행을 준비했다. 그녀는 내게 작은 선물이나 단순한 먹을거리조차 전혀, 전혀 요구하지 않았다. 마침내 그녀의 진심을 깊이 확신한 나는 그녀에게 걸맞은 상을 주기로 결심했다. 그녀를 내 소유지의 하나, 내 사병들로 둘러싸인 10평방미터의 퇴비 창고로 안내했다.

"모두 내 거야. 이 창고는 내 소유지, 그러니까 여기에서 빅토리아 호수까지 퍼져 있는 제국의 일부일 뿐이야."

"농담하는 거지?"

"절대 아니야, 봐."

난 내 소유물에 뛰어들어 머리를 처박았다.

번쩍인다고 다 금은 아니다, 비스코비츠

"이리 와, 이젠 네 것이기도 해!"

리우바는 자신의 홑눈을 믿을 수 없어 했다.

"나보고 들어가라는 거야…… 그 안으로?"

그녀가 더듬거리며 말했다.

"물론이야, 부끄러움 타는 거 알아, 자기. 하지만 결국 우리는 쇠똥구리잖아."

"농담이라면 정말 악취미다, 비스코. 나는 왕풍뎅이란 말이야! 아무도 나를 쇠똥구리라고 부른 적 없어."

"풍뎅이? 그 차이를 모르겠는데."

"물론 잘 모르겠지. 쇠똥구리는 등딱지가 시커멓고 말하기도 싫은 더러운 것을 먹고 사는 잡충이야. 우리 풍뎅이는 반대로 화려한 색깔을 띠고, 꽃가루나 향긋한 송진, 달콤한 것들을 먹고 살아. 몇 시간 동안 날 수 있고 시와 춤, 좋은 친구, 특히 깨끗한 것을 좋아해, 비스코. 솔직히 말해서 지금까지 나는 너처럼 똥 속에서 목욕하는 덩치 큰 풍뎅이를 본 적이 없어. 이제 떠나야겠어. 이곳에선 악취가 나고 너는 역겨워."

그녀는 바다라도 건널 수 있을 만큼 충분히 몸을 떨었다. 아마 다시는 그녀를 보지 못할 것이다.

나는 상황을 이해하려 애쓰며 더듬이를 벌린 채 멍하니 있었다. 내가 풍뎅이라고? 그럼 내 부모님은? 그래서 내가 부모님과 별로 닮지 않았던 걸까. 혹시 부모님이 알을 놔둔 장소를 잊었던 건 아닐까. 혹시 부모님이 그때 외로움에 지쳤던 걸까. 하느님 맙소사! 가능한 얘기다……. 점점 더 알 수 없는 혼란에 빠졌다. 나는 누구일까? 왜 이런 더러운 것에 빠져 허우적대는 걸까? 밖으로 나가서 리우바에게 달려가야 했다. 그녀에게 상황을 설명하고 함께 깨끗한 삶을 설계해 나가야 했다. 나는 '어서, 비스코, 움직여!' 하고 나 자신에게 말했다. 하지만 몸을 떨 수 없었다. 신진대사를 촉진해서 하늘을 날 수 있을 정도로 충분히 몸서리가 쳐지지 않았다. 시큼한 목욕, 유독 가스가 내뿜는 향기, 내 밑의 졸개들, 그러니까 딱정벌레뿐 아니라 날도래와 벼룩 들을 바라보는 만족감, 나를 보고 꿈꾸기 위해 내 주변에 모여드는 추종자들이 안겨 주는 기쁨이 너무 컸다. 순간적으로 그 추종자들 사이에서 내 늙은 아비의 외피가 눈에 띄면서 그가 몸을 떠는 게 보이는 듯했다. 아버지는 자신의 아들이 성공한 모습, 똥 속에 목까지 잠긴 모습을 보고 자랑스러움에 몸을 떨었다.

기똥차게 더럽구나, 비스코비츠

돼지는 돼지로 태어난다. 우리 비스코비츠는 몇백만 년 전부터 돼지였다. 하지만 우리가 돼지라는 사실을 명심하는 것이 늘 쉽진 않았다. 우리가 있는 곳; 중국 남부 유목민 마을 흐몽에서는 남자와 여자 그리고 돼지 들이 모두 한 지붕 아래 살았다. 家 라는 글자(지붕 아래 돼지)는 '가족'을 의미했다. 우리는 그들에게 아주 귀중했다. 암퇘지가 없어서 여자들은 새끼 돼지들에게 젖꼭지를 물려 주곤 했다.

이러한 사실은 우리 돼지들의 머릿속에 어떤 혼란을 일으키기에 충분했다.

상황을 보다 분명하게 이해시키고자 내 어머니가 도살되기 전에 남긴 마지막 말을 소개한다. "네가 누군지 늘 기억해라, 아들아. 넌 돼지다. 늘 더러운 것을 먹고, 더러운 짓을 하고, 더러운 생각을 하도록 노력해라. 네 집을 진짜 돼지우리처럼 만들거라. 위대한 돼지였던 네 아버지처럼 최선을 다해서 늘 돼지인

네 멋대로 행동해라."

"네, 엄마, 약속할게요."

나는 훌쩍이면서 꿀꿀댔다. 그러고 나서 먹따는 소리를 듣지 않으려고 여물통에 주둥이를 박았다.

어머니(그 암돼지에게 복이 있으라!)의 죽음은 내게 채울 수 없는 공허감을 남겼다. 그리고 나를 파멸로 이끈 비참한 연쇄 사건의 발단이 되었다.

중국의 설날, 춘절 축제가 시작됐다. 용띠 해는 뱀띠 해에 자리를 넘겨주었다. 사람들한테는 축제의 나날이었고 돼지들에게는 애도의 날이었다. 하지만 우리에게도 행운의 찬스, 사람들에게 자신의 존재를 드러내고 소동을 일으킬 기회가 없지 않았다. 이웃 마을 사람들이 축하 댄스 파티와 파종식 그리고 물물 교환 행사를 위해 모여들었다. 그사이 구혼이 이루어지고 결혼 약속이 체결되었다. 결혼이 성사되려면 우리 돼지들이 필요했다.

바로 그 시기에 우리 오두막에 사는 처녀가 이웃 마을 총각과 결혼하고 있었다. 그 총각은 젖먹이 새끼 돼지 두 마리와 암돼지 한 마리를 지참금으로 가져왔다. 지참금치고는 대단한 것은 아닌 듯했지만 암돼지를 처음 보는 녀석한테는 대단한 거였다. 나는 결혼식 내내 암돼지한테서 눈을 떼지 못했다. 피부가 맑고 주둥이가 삐죽 튀어나온 기름기 반지르르한 절세미인이었다. 동인도산 멧돼지 냄새와 나팔 모양 작은 꼬리는 내 마음의 가장 더러운 부분에 부드럽게 호소했다. 나는 가슴을 쭉 펴고 뒤뚱거리며 다가갔다. 그녀가 자신을 돼지의 여왕으로 느낀다는 사실을 나는 금방 감지했다.

"나는 리우바야. 우리 지방 사투리로 '돼지들 속의 진주'라는
뜻이지."

그녀가 꿀꿀대며 말했다.

엄마, 별난 암퇘지예요!

"나는 비스코비츠야."

내가 꿀꿀대며 말했다.

"무슨 뜻인데?"

"아무 뜻 없어. 비스코비츠라고 불리는 불결한 돼지일 뿐이
야. 아가씨, 이리 와……. 네 주둥이가 정말 예쁘다는 거 알아?"

"주둥이? 얼굴이 예쁘다는 소리구나."

"맞아, 맞아."

나는 커다란 입으로 그녀의 살가죽을 문지르기 시작했다. 하
고 싶은 말을 다 할 수 있을 것 같았다.

"가죽도 무척 아름답고."

"살결이 아름답다는 말이구나."

"맞아, 맞아."

나는 꿀꿀대고 침을 질질 흘리며 그녀의 등을 붙들었다.

"아, 참 아름다운 햄이네……. 내 말은 다리가 예쁘다는 소리
야, 백작 부인."

그때 리우바가 갑자기 돌아서며 내 머리를 송곳니로 쳤다.

"넌 날 뭘로 보는 거야, 네 암퇘지들 중 하나로 보니?"

"이 돼지우리에 다른 수컷은 없잖아."

"난 누구에게도 속하지 않아. 나는 여덟 불사신과 500성인들의 가르침을 자양분으로 삼은 내 영혼, 기공을 실천하고 5계명을 따르며 성장한 내 정신, 내 존엄성, 선과 돼지 정신에 봉사하는 내 삶을 따를 뿐이야."

나는 소시지가 된 듯 온몸이 돌처럼 굳었다. 돼지 정신에 대해 말하는 암돼지에게 무슨 말을 할 수 있으랴!

리우바는 발굽으로 사람들, 춤추는 신랑 신부를 가리켰다.

"사람들이 자기 여자를 얼마나 조심스레 다루는지 봐. 내가 저 여자들보다 못한 게 있어?"

"전혀 없지."

"머리 빗기 행사도 그냥 보냈어. 신년 점치기도 그냥 보냈어. 내 결혼식 날엔 적어도 춤만은 꼭 추고 싶어."

나는 춤추는 사람들을 보았다. 어려운 리듬의 춤이 아닌 듯했다. 다소 단조로운 4분의 4박자 춤이었다.

"사람들과 춤출 수 있다면 뭐든지 하겠어, 비스코비츠. 뭐든지 말이야……."

엄마, 그렇게 해서 난 아주 지저분한 의도에서 출발한 내 평생 처음이자 가장 큰 실수를 저지르고 말았어요.

나는 춤을 추며 나를 고통으로 몰아넣을 어둠의 장소로 걸어 갔다. 돼지들의 놀란 눈을 뒤로하고 나와 리우바는 춤추는 사람들 사이를 비집고 들어갔다. 뒷다리로 균형을 잡고 뒤뚱거리며 우리는 감미로운 음악 장단에 몸을 맡기며 춤을 췄다. 음악 소리와 담배 연기에 취해서 나는 갑자기 보다 과감한 스텝을 밟았

기똥차게 더럽구나, 비스코비츠

다. 곧 리우바와 나는 무대를 독차지했고 환호를 받았다. 회전을 하고, 펄쩍 뛰면서 스텝을 바꾸고, 발끝으로 뱅뱅 돌기도 하다가 다시 얼굴을 맞대고 춤을 췄다. 마침내 내가 얼마나 우스꽝스러운 짓을 하고 있는가에 생각이 미쳤을 땐 이미 늦었다. 그 모임에는 늘 아편과 옥 상인들이 참석했다. 그들은 이익을 낼 만한 물건이면 무엇이든지 살 준비가 되어 있었다. 그들 중 한 명이 우리를 사다가 돈벌이를 할 생각을 했다.

우리는 상하이 서커스단에 팔려 왔다. 치욕스러운 기나긴 서커스단 생활은 그렇게 시작됐다. 리우바에 대한 내 사랑은 어릿광대 쇼를 위한 테마가 되었다. 이 쇼는 열두 마리 돼지가 공연하는 그야말로 진짜 슈퍼 쇼로 성장하기까지 했다. 돼지 조련사의 쇼, 돼지들이 그네 타고 자전거 타는 쇼가 있었다. 하지만 무엇보다 발레용 흰 스커트를 입은 돼지들이 인상적인 춤을 추는 성대한 댄스파티가 마지막을 장식했다. 나는 파란색 타이츠를 입고 리우바는 분홍색 발레 스커트를 입고서 슈트라우스의 소나타에 맞춰 등장했다.

우리는 모두 거세당했다.

그러자 세상에, 내가 정녕 돼지라고 도무지 느껴지지 않았다. 절망적인 심정에서 진흙탕에 구르기도 하고, 아주 불결하고 외설스럽게 꿀꿀거리기도 했다. 하지만 더 이상 예전 같지 않았다. 매일 저녁 조명 아래서 리우바를 포옹할 때마다 나는 피부 접촉보다는 영혼의 화합을 추구했다. 하지만 리우바의 눈 속에서 내가 읽은 것은 거세당한 뚱뚱한 광대에 대한 몸서리쳐지는 혐오감이었다. 그러자 관중은 내 눈물과 리드미컬한 동작이 주는 숭고한 비극성에 환호했다. 고개 숙여 인사하고 관중이 던져 준 선물을 모으면서 공허감을 안겨 주는 새로운 쾌락 속에 패배의 개선 행진을 하는 순간이 점점 더 내게 중요해졌다.

하지만 치욕의 순간은 그것으로 끝이 아니었다. 어느 날 일본 순회공연 도중 텍사스 출신의 한 늙은 여성 사업가가 내 방으로 찾아왔다. 나에 대해 칭찬을 늘어놓더니 나를 쓰다듬을 자유를 얻었고 마침내 내 몸을 샀다. 12만 달러를 지불했다는 걸 나중에 알았는데, 돼지 한 마리 가격치고는 어마어마한 액수였다.

나는 댈러스까지 그녀와 날아간 다음 전용 헬리콥터를 타고 아마릴로 저택까지 갔다. 노부인의 음탕한 행동 때문에, 처음에는 그 부인이 어떤 색다른 성적 변덕을 충족하고 싶어 하는 거라고 생각했다. 하지만 그게 아니었다. 내 여주인은 돼지 자선 단체에 속하지 않았다.

노부인에게는 얼마 전에 죽은 언니가 있었다. 언니는 대충 이런 유언을 남겼다. "내 모든 재산을 아드리안 J. 스틴슨이라는 돼지에게 남긴다. 그 돼지는 나를 즐겁게 해 주었던 유일한 존재이며, 탱고 비슷한 폭스트롯을 출 줄 알았다."

불쌍한 스틴슨 씨는 이미 양로원에서 죽었기 때문에 노부인의 변호사들은 조작극을 벌였다. '아드리안 J. 스틴슨이라는 돼지'가 나이며, 그래서 내가 유일한 상속인이고, 그래서 돈이 노부인의 주머니에 들어가도록 말이다. 더러운 속임수, 진짜진짜 지저분한 행위였다. 나는 사기극을 훌륭히 연기했다. 비록 마주

르카 음악에 맞춰 파소도블레를 추는 게 쉽지 않았지만 '그 돼지'가 정녕 나일 수밖에 없다는 것을 보여 주기란 어렵지 않았다. 변호사들의 기술과 노부인의 권력은 나머지 일을 처리했다.("새끼 돼지가 말하길, 요즘 변호사들은 그들이 원하는 쪽으로 모든 사건을 이끌 수 있다.")

그렇게 해서 나는 미국에서 가장 큰 성공의 하나인 돈 속에서 헤엄치게 됐다. 그때부터 내 타락의 끝은 보이지 않았다. 샴페인에 내 고통을 적시고, 쿠바산 시가를 씹고, 멍청한 스크린 스타 여배우들이나 부패한 정치인과 교제하기 시작했다. 어느 날 내 환영 파티가 열리는 동안 햄말이 튀김 접시 앞에서 나는 더러운 삶을 끝내기로 결심했다. 나는 샹들리에에 넥타이를 매고 자살하려 했지만 실패했다. 나중에는 결국 창문에서 뛰어내리는 방법을 택했다. 하지만 불행은 그런 죽음을 원치 않았다. 나는 천막 위로 떨어져 공처럼 튀어올랐고 수박 가판대 위로 떨어졌다. 그렇게 해서 내 뼈만 부러졌을 뿐 내 불행에 종지부를 찍지는 못했다.

그 사건은 나의 대중적인 인기를 올려 놓았을 뿐이다. 지금 나는 이곳에서 여러 방송국을 전전한다. 새로운 상품을 선전하고 잡지 표지를 장식한다. 노부인은 내가 미국 대통령이 될 첫 동물일 거라고 한다. 사실 선거 운동에 쓸 돈이 부족하지는 않을 거다……. 이 무슨 형벌인가요, 엄마, 엄마가 그렇게 충고했는데!

가장 나쁜 일은 바로 지금 내 권력 덕분에 돼지 정신과 우리

의 가치를 드높이는 데 도움이 될 어떤 일을 할 가능성이 증대
되었다는 거다. 그리고 바로 지금 심포니 음악, 플랑드르 미술,
흰 플란넬, 프랑스산 치즈, 옛날 무성 영화, 롤스로이스에 점점
사악한 매력을 느끼고 실제로 취향을 갖게 되었다는 거다…….

　하지만 엄마, 약속할게요. 약속하는데, 내가 만일 당선
되면…….

길을 찾아냈구나, 비스코비츠

세상에 태어나기도 전에 나는 내가 천재라는 걸 알았다.

어두컴컴한 자궁 안에서 내 형제들이 아직 형체를 갖추지 못한 태아, 태반에 붙은 혹 덩어리에 불과했을 때 나는 이미 자궁 밖으로 나가는 길을 찾아냈다. 몇 주 먼저 나온 것이다. 내 운명이 특별하다는 것을 알았기에 시간을 낭비하고 싶지 않았다.

"비스코, 너는 아마 이 세상에서 가장 똑똑한 설치동물일 거다. 너처럼 똑똑한 쥐를 만들기 위해 이 연구실에서 몇십 년 동안 인공 선별 과정을 통한 연구를 해 왔단다. 네 이름, 비스코비츠(V. I. S. K. O. V. I. T. Z.)는 '매우 똑똑하고 유능한 동물종 중에서도 매우 똑똑한 우등종(Very Intelligent Superior Kind Of Very Intelligent and Talented Zootype)'의 약자란다. 자랑스러운 이름이지."

"저도 물론 제 이름이 자랑스러워요, 아빠."

내가 어떤 유전 형질로 만들어졌는지 모두에게 증명해 보이기까지는 오랜 시간이 걸리지 않았다. 젖을 떼기도 전에 나는 벌써 산이나 응유효소 작용을 이용하여 엄마 젖에서 응고물과 다양한 종류의 낙농 발효 물질을 얻어 낼 수 있다는 걸 알았다. 부드럽고 실 같은 성질의 치즈, 탈레조 치즈, 크레셴자 치즈, 프로볼로네 치즈. 태어나서 처음 며칠 동안 나는 우리 창살 위에서 내 음악 재능을 갈고닦았고, 다른 연구실 쥐들이 뱉어 내는 고통스러운 고함 소리에 어울리는 변주법과 화성법에 대한 흥미로운 연구를 시작했다. 적절한 대위법으로 나는 그들의 불협화음을 듣기 좋고 고상하게 바꿔 놓을 수 있었다.

내 능력을 측정하려고 했을 때, 그것이 불가능한 일임을 사람들은 이내 깨달았다. 미로에서 나는 절대 막다른 길로 들어서지 않았으며 다른 쥐 훈련 테스트에서도 문제가 채 만들어지기 전에 해답을 찾아냈다. 무엇으로 나를 측정할 수 있겠는가?

그 시험에서 가장 낮은 점수, '바보 구성 단위'로 명명된 점수를 얻은 쥐는 주코틱이었다. 실험실에서 가장 멍청한 자손을 반복적으로 동종 번식시켜서 얻은, 놀라울 정도로 멍청한 녀석이었다. 아이러니하게도 그 바보의 우리는 내 우리 옆에 있었다. 연구자들은 내게 준 관심을 녀석에게도 똑같이 보여 주는 듯했다. 마치 바보가 천재와 비교될 수 있는 덕성을 갖추기라도 한 양. 이상한 점은 여기서 끝나지 않았다. 우리와 교미시키기 위해 유전적으로 가장 뛰어난 암컷들을 연구자들이 배정할 때였다. 암컷들에게는 지성과 아름다움이 같은 유전자 안에 들어 있지 않다는 것이 곧 밝혀졌다. 내 파트너 자나는 특이한 전문 용

길을 찾아냈구나, 비스코비츠

어를 구사하는 못생긴 쥐였다. 반면 주코틱의 파트너인 리우바의 몸은 날카로운 송곳니 표면에서부터 꼬리의 맨 끝 껍질까지, 가장 환상적인 정신, 즉 내 정신이 상상할 수 있는 한 가장 완벽했다. 자나가 유형학이나 다른 무미건조한 이론을 현학적으로 떠들어 대는 걸 듣는 동안, 옆 우리에서는 바보의 유전자 속에 아름다움이 더해졌다.

연구실의 다른 쥐들은 나를 그다지 존경하지 않았다. 우리 공동체 안에서 지성과 교양은 장점이 아닌 죄였다. 다른 못생긴 쥐들은 곧 잔혹한 실험을 피부로 체험했고, 대개가 과학과 이성의 밝은 미래를 전혀 믿지 않았다. 그들은 시궁창에 가기를 꿈꾸었다. 화장실에서 불쑥 튀어나온 돌팔이 예언자가 들려줬던 신비한 장소 말이다. 문명과 진보의 악행에서 멀리 떨어져서 어둠과 부패의 축복을 받은 천국 샹그릴라, 모든 것이 시큼한 썩은 국물로 녹아 버리는 곳.

그런 분위기에서 천재의 기능과 어울리는 가치는 분명 인정받을 수 없었다. 하지만 나는 내 지성이 어떤 목적을 위해 만들어졌다는 것을 분명히 알았다. 그리고 어떤 선험적인 힘, 그 힘을 역사, 설치동물의 집단성, 신성한 의지 등등 뭐라 부르든 간에, 아무튼 어떤 선험적인 힘의 일부라는 것을 알았다……. 나의 시간은 오리라, 인내심을 갖는 것이 중요하다.

그리고 정말 왔다.

어느 날 유전 공학이 만든 거대한 '슈퍼 쥐' 페트로빅이 자신을 에워싼 쇠창살을 인식했다. 그러고는 밖에서 손잡이를 돌려

외과, 의학, 해부학 연구실의 쥐들까지 감옥에서 해방했다. 참혹한 수난을 당해 기형이 된 수많은 못생긴 쥐들이 바닥에 모여들기 시작했다. 시기심에서인지 누구도 정신병학 연구실에 감금된 우리 쥐들을 해방해 줄 뜻은 없어 보였다. 시간이 좀 지난 뒤, 준비성 없이 탈출을 감행한 녀석들은 하수도나 다른 구원의 장소로 가는 길을 아는 쥐가 아무도 없다는 사실을 깨닫고 나서야 비로소 나한테 도움을 청해야 한다는 걸 알았다.

"모르는 게 없는 비.스.코.비.츠., 미로의 왕인 네가 우리를 인도해 주렴."

그들은 느물느물하게 아첨하며 내게 부탁했다.

연구소 복도는 미로 같았다. 이제 내가 대탈출에 성공하기 위해 선택된, 준비된 쥐라는 사실이 명확해졌다. 엉킨 것을 풀고, 어두운 복도를 돌아다니고, 어려운 문제를 풀면서 보낸 지난 몇 달이 뭔가 다른 의미를 지니는 건 아닐까? 내 책임감에서 벗어나 내 동족의 탈출을 이끌기를 거부할 수도 있지 않을까?

"전진!"

나는 큰 소리로 외치며 앞장섰다. 그러고는 자신 있게 왼쪽 첫 번째 복도로 들어섰다가 다시 오른쪽 두 번째 복도로 들어갔다.

미로를 경험해 본바 내가 깨달은 사실은, 모든 방향 문제의 가장 흔한 답은 왼쪽 첫 번째 길로 들어섰다가 오른쪽 두 번째 길로 들어가는 거였다. 천재적 재능을 발휘하지 않아도 또다시 그 해답이 적중했다는 것을 알게 될 테지.

길을 찾아냈구나, 비스코비츠

사실 그랬다.

두 번 갈림길을 지나자 화장실에 도착했다. 우리 위에 있는 단추가 쥐 훈련 테스트 동안 내가 누르곤 했던 단추와 매우 흡사하다는 것을 깨닫자마자 모든 일은 분명해졌다. 그 단추를 누르자 상수도 물이 기적과도 같이 내 동족들 앞으로 흘러내렸고, 쥐들은 자기 목적지로 각자 휩쓸려 들어갔다. 몇 분 후 모두들, 예언됐던 만나 한가운데서 물보라를 튀겼다.

내 길동무들은 그곳 풍경에 넋이 나간 채 어리둥절한 표정으로 주변을 살펴보았다. 몇 년간 무균실에서 약물을 마시며 보내다가 오염된 자연, 유독 가스를 내뿜는 웅덩이, 곰팡이 핀 수풀, 그 모든 오물 덩어리를 보고 그들은 희색이 만면했다. 나는 내 분비물을 바르면서 동족을 대표하여 공식적으로 소유지를 표시했다. 그러고 나서 축하 연설을 시작했다. 대중에게 맞는 쉬운 말을 사용하면서 우리 쥐 사회를 세우는 데 필요하다고 생각하는 기본 법률을 설명하려고 했다. '우생학'이라는 용어를 절대 사용하지 않았지만 나는 우리 쥐들의 복지 사회 건설을 위해 내가 얼마나 필수 불가결한 존재인지 설명하려 애썼다. 내가 그 자리에 참석한 모든 슈퍼 쥐들과 교우 관계가 있으며, 자손 대대로 번창할 바람직한 슈퍼 자손을 우리 모두를 위해 생산해 낼 수 있다고 피력했다.

하지만 내 연설은 갑자기 그곳 원주민 쥐들의 공격을 받고 중단되었다. 그들은 공포 분위기를 조성하며 우리 대열을 흩뜨려 놓았다. 우리 중에서 가장 용감한 쥐들이 명예로이 저항에 나섰지만 곧 완벽한 패배를 맛보았다.

평범한 쥐인 나는 몰래 도망갔다.

우리가 꿈꾸었던 극락과 달리, 그곳은 우리 슈퍼 쥐들보다 훨씬 덩치가 크고 난폭하기 짝이 없는 야만적인 쥐 떼가 서식하는 곳이라는 사실이 곧 밝혀졌다. 정의와 아름다움 같은 가치를 전혀 존중하지 않고 힘과 이빨의 폭력적인 법이 그곳을 지배했다. 사실 그 때문에 대탈출을 감행한 쥐들이 새로운 환경에 적응하지 못할 것은 없는 듯했다. 인간의 체계적인 폭력에 익숙한 그들에게 동족의 폭력은 오히려 애인의 애무 같았다. 하지만 나같이 예민한 영혼이 그 무식한 집단에서 어떤 이득을 얻어 낼 수 있겠는가?

분명 내 여정의 도달점이 그곳일 리는 없었다. 혼란과 타락이 아니었다. 그 하수도가 미로 같은 것도 우연이 아니었다. 미로가 있는 곳엔 늘 해답, 결정적인 탈출구가 있다고 나는 입버릇처럼 말해 왔다. 분명 그곳에서는 어떤 보상이 나를 기다리고 있을 거다.

나는 눈에 띄지 않기 위해 털에 시커먼 진흙을 바르고 남들처럼 멍청한 표정을 지으려고 애쓰며 걸음을 옮겼다. 왼쪽 첫 번째 길로 들어섰다가 오른쪽 두 번째 길로 들어갔다. 그러고 나서 같은 방법을 여러 번 반복했다. 하지만 내 노력은 수포로 돌아갔다. 그곳에서는 어떠한 방향이 다른 방향으로 연결되지 않았다. 어떤 진보도 일어나지 않았다. 이성은 어떤 도움도 되지 못했다. 그 시궁창에서 어떤 형체, 물질 혹은 가치를 인식하기

길을 찾아냈구나, 비스코비츠

란 불가능했다. 모든 것은 퇴폐적인 조잡한 행동, 우둔함, 쓰레기 속에서 부패했다. 마침내 쓰레기가 모여 있는 곳에 도착했다. 인쇄지, 팸플릿, 표지가 높이 쌓여 있는 게 눈에 띄었다. 나는 그 지식의 원천을 찾아 거슬러 올라가려 했다. 출구를 찾아내고 종이들이 흘러 내려온 하수도를 거슬러 올라가다…… 대학 도서관으로 들어갔다.

나는 그곳에 머물렀다. 조용한 명상의 장소에서 약 한 달을 보냈다. 완전한 고독 속에서 도서관의 쥐 생활을 하면서, 복도와 관념과 이론의 거대한 미로를 이리저리 돌아다녔다. 나는 딱딱한 표지만을 남겨 둔 채 단시간에 서양 문화의 위대한 작품들을 모두 먹어 치웠다. 솔직히 고백하는데 나는 제일 딱딱한 표지만 남기고 모든 지식을 모조리 먹어 치웠다.

위대한 질문들이 나를 계속 괴롭혔다. 우주 전체가 끝이 없는 미로의 연속인 듯했다. 미로는 또 다른 미로, 하수도, 복도, 운하, 도로로 연결되었다. 한참을 더 걸은 후에야 출구를 찾아낼 수 있었다. 모든 길은 똑같아 보였고, 제자리로 돌아오곤 했다. 시작도, 방향도, 끝도 없었다. 나는 계속 찾아다녔다. 하지만 또 다른 미로를 만나기 일쑤였다. 대도시, 도로망, 상수도관, 에어컨……. 하지만 돌고 도는 그 끝없는 순환에서 빠져나갈 구멍이 어딘가에 있을 거라고 난 확신했다. 그 장소에 코를 디밀었을 때 계시, 해방, 최고선을 찾아내리라는 걸 알았다.

다시 한번 왼쪽 첫 번째 길로 들어가서 오른쪽 두 번째 길로 들어갔다. 그리고 그 방법을 여러 번 반복했다.

어느 날 내 영혼처럼 어두운 하수도를 의기소침해져서 걸어
가는데 마침내 천장 하수관에 쥐처럼 생긴 이상한 물체가 보였
다. 품위 있어 보이는 신비한 쥐였다. 그의 자세는 모습만큼이
나 특이했다. 그는 머리를 아래로 향한 채 천장에 매달려 나를
보고 있었다. 눈을 크게 뜨고 내게 한 지점, 한 방향을 가리켰다.
이런 인물에겐 자신의 존재 이유가 있는 법이다. 나는 같은 자
세를 취하고 관찰하며 생각했다. 거꾸로 매달려서 본 탓인지,
머리에 피가 더 잘 돌아서 그런지, 번쩍 하고 해답이 보였다. 해
답은 분명했다. 정확히 그 지점에서 왼쪽 첫 번째 길, 오른쪽 두
번째 길, 왼쪽 첫 번째, 오른쪽 두 번째, 왼쪽 첫 번째, 오른쪽
두 번째……. 목적지까지, 토포스까지 가는 것이다.

사실 그랬다.

시간의 문제였다. 예상대로 출구에 도착했다. 출구를 나와 계
속 걷자니 눈부신 조명이 비쳤다…….

시린 빛에도 쉽게 연구실 입구를 찾아냈다.

"목에 걸린 이름표를 보니 우리 쥐인 것 같아. 하지만 날짜는
지워져 읽을 수가 없군."

연구자가 말했다.

"녀석을 테스트해 보자고."

그렇게 나는 내가 떠났던 곳 가까이 돌아왔다. 바로 옆 우
리로.

머지않아 큰 보상이 주어졌다. 그녀의 털과 두 눈은 계시처럼
반짝였고, 지식처럼 매혹적이었다. 리우바가 꼬리를 살랑대고,

길을 찾아냈구나, 비스코비츠

부드러운 털에 감싸인 온몸을 흔들면서 종종걸음으로 천천히 내게 다가왔다. 아, 어찌나 아름다운지! 그녀는 직관처럼 매력적이고, 반어법처럼 아찔하고, 진실처럼 수줍었다. 시처럼 어리석고.

난 그녀에게 말했다.

"난 비. 스. 코. 비. 츠. 야."

과연 그녀의 말일까, 비스코비츠?

리우바를 보고 난 첫눈에 사랑에 빠졌다. 카리브해에서 제일 아름다운 앵무새였다. 그래서 나는 두 번 생각하지도 않고 그녀한테 갔다. 나는 여러 말 없이 단도직입적으로 그녀의 두 눈을 바라보며 말했다.

"널 사랑해."

"널 사랑해."

그녀가 대답했다. 위대한 열정의 시작이었다. 우리 사랑의 둥지는 정글 전체였다. 젊음의 미친 듯한 열정이 우리 깃털 아래서 불탔고, 하늘도 그 열정을 다 담기에는 부족했다. 우리는 노래하고 춤추고, 룸바와 맘보, 콩가와 메렝게 리듬에 맞추어 서로 사랑했다. 어느 날 나는 마음을 굳히고 그녀에게 물었다.

"나와 결혼해 주겠어?"

"나와 결혼해 주겠어?"

그녀가 대꾸했다.

"물론, 내 사랑."

"물론, 내 사랑."

그렇게 해서 나는 카리브 군도에서 가장 아름다운 둥지를 만들었고, 거기서 달콤한 신혼을 보냈다. 나는 그녀를 꼭 끌어안고 말했다.

"아이들을 갖고 싶어."

그녀도 그러고 싶다고 대답했다. 귀여운 두 아이가 태어났다. 아이들은 절대 말대꾸를 하지 않았으며, 부모의 말에 절대 복종했고, 늘 우리의 애정에 보답했다.

인생에서 이 이상 더 무엇을 바랄 수 있을까?

그런데 예상치 못했던 일이 발생했다. 내가 다른 앵무새를 보기 시작한 것이다. 나는 어느 날 리우바에게 솔직히 고백했다.

"애인이 생겼어."

"애인이 생겼어."

그녀가 내게 대답했다.

"애인 이름은 라라야."

내가 계속 말했다.

"애인 이름은 라라야."

그녀가 내게 털어놨다.

이게 무슨 말이람? 나는 돌처럼 굳었다. 내 아내와 내 애인이. 이렇게 된 이상 잘된 일일 수도 있었다. 하지만 그 삼각관계가 계속될 수 없다는 사실이 곧 명확해졌다. 그래서 라라에게 가서 말했다.

"선택해. 나야, 그녀야?"

"그녀야."

라라가 내게 대답했다.

그러자 나는 리우바에게 가서 양자택일을 요구했다.

"나야, 그녀야?"

"그녀야!"

"빌어먹을."

"빌어먹을."

그녀가 대꾸했다.

그 후렴에 조롱당한 기분에 나는 질려 버렸다. 어떻게 살면서 이렇게 천박한 일을 겪을 수 있을까? 어떻게 삶이 이런 식으로 흘러갈 수 있담? 절망에 빠져 현자, 지혜의 스승이며 정신적인 안내자라 칭송받는 앵무새에게 충고를 구하기로 결심했다.

"스승님, 어떻게 하면 고통을 덜어 줄 대답을 얻을 수 있을까요? 어떻게 하면 이 지루한 일상, 이런 평범한 생활에서 벗어날 수 있을까요? 말씀해 주세요, 스승님, 어떻게 행동해야 합니까?"

현자가 대답했다.

"행동해야 합니……."

과연 그녀의 말일까, 비스코비츠?

적게 말할수록 좋아, 비스코비츠

스승이기도 한 우리 무리의 대장이 늘 말했다.

"정직한 물고기인지 아닌지는 그가 하는 말을 들으면 알 수 있다. 그는 절대 저속하지 않다. 말할 때 적어도 상대방의 한쪽 눈이라도 맞춘다. 특히 언제나 진실을 말한다……."

복잡한 물길을 따라 헤엄을 치면서, 꼬리와 등지느러미를 교대로 리듬 있게 움직이면서 대장이 말했다. 춤은 우리 대부분이 의사를 전달할 수 있는 유일한 방법이기 때문이다. 참을성 없는 자와 숨이 짧은 자한테는 어울리지 않는 언어다. 이윽고 대장은 내 눈을 맞추며 기어이 이런 말을 덧붙였다.

"비스코비츠, 내가 한 말을 반복해 봐라."

그 질문에 나는 침묵으로 대답했다.

물고기가 진실을 말하고 또 교양 있게 그 진실을 표현하는 방법은 침묵뿐이라는 것을 삶이 내게 이미 가르쳐 준 터였다.

'수력 전기'라는 단어를 말하기 위해 물속을 여섯 차례나 오르락내리락하면서 아가미로 항문 지느러미를 건드려야 한다면, 제아무리 솜씨 좋은 물고기라도 절대 상대방과 눈을 맞출 수 없다. 더군다나 상대방이 그 움직임의 의미를 이해하기란 더더욱 불가능하다. 아마 '뱀장어'라는 단어로 이해하고 기분 나빠할 것이다. 누구 탓도 아니다. 언어 탓이다. 거기에서 우리 물고기들의 모든 문제가 발생한다. 내 이름 비스코비츠를 생각해 보라. 이름을 정확히 발음하려면 십 분 정도 걸린다. 나는 결국 살을 빼려고 할 때만 그 방법을 사용한다. 쉽게 다른 말로 오해되기도 하기 때문에 잘 사용하지는 않는다. "그래, 네 사촌도 동의한다면." 혹은 "내게 키스해 줘, 귀여운 요정." 혹은 "수학 급수는 각 항이 진행과 퇴행의 극한치에 있을 때 완벽하다. 급수 속에 포함된 각각의 진행과 퇴행은 급수 자체에 극한치가 있다."와 같은 말로.

물고기 떼만큼 많은 언어가 있고, 물고기 수만큼 많은 사투리가 있다는 사실 때문에 혼란이 가중된다. 이는 말하기도 어렵지만 침묵하기도 어렵게 만든다. 오징어를 삼키는 것 같은 단순한 행동도 오해를 일으킬 수 있다. 누구는 그 행동을 하나의 은유로 볼 수 있기 때문이다. 어떤 문화에서 오징어 먹물은 '악'이나 '속임수' 혹은 '환각의 삶'을 상징한다. 반면에 오징어 뼈는 '영혼' 혹은 '순수'를 나타낸다. 바로 이 때문에 나는 청어만 먹는다. 그리고 무리에서 멀리 떨어져 청어를 씹는 편을 택한다.

바다 생물을 특징짓는 분열 현상 밑에는 물고기에게 언어를 가르치기 어렵다는 문제가 깔려 있다. 예를 들어 설명해 보겠다.

적게 말할수록 좋아, 비스코비츠

만일 입으로 혀넙치를 가리키며 물속에서 몸으로 에스 자를 그
린다면, 상대방은 보통 그 에스 자가 혀넙치를 뜻한다는 걸 알
아듣는다. 똑같은 행동을 청어나 망둥이, 비늘통구멍에게 할 수
있다. 하지만 똑같은 방법을 이용해서 '무한'이나 '고전성' 혹은
단순히 '진실'이라는 개념을 같은 물고기에게 설명해 봐라. 물
고기는 알아들었다고 맹세하겠지만, 분명 '썰물', '잠수부', '고
기 떼' 같은 다른 말로 이해할 것이다.

   내 아이들은 늘 내게 묻곤 한다.
   "아빠, 물고기들은 어떻게 태어나나요?"
   그 질문에 나는 침묵으로 대답하곤 한다.
   그런 민감하고 어려운 순간에 정확한 답변을 찾을 수 있으며
자연스러운 어조를 취할 수 있다고 자랑하는 이들이 있다. 말보
다는 행동이 더 쉽다. 말인즉 난 어떤 것들을 설명하겠다는 야
무진 꿈을 꾸지 않는다는 말이다. 족히 몇 달은 걸릴 테니까. 그
저 지나가다 맨 처음 만난 발정기 암컷을 잡고 어떻게 하는지
보여 줄 뿐이다. 비록 내가 이미 대식구를 거느리기는 했지만.
물고기들 사이에서, 적어도 우리 큰가시고기들 사이에서 섹스
는 당혹스러울 정도로 부끄럽다거나 뻔뻔스러운 게 절대 아니
다. 암컷은 보금자리에 알을 낳고, 우리 수컷은 암컷과의 접촉
없이 알을 수정시킬 뿐이니까. 상대방의 색깔을 보고 상대방 앞
에서 보여 주는 춤을 즐기는 것으로 충분하다. 사실 암컷이 있
을 필요는 없다. 인간이 행한 연구는 종이로 만든 암컷만으로도

우리 수컷이 알을 수정시킬 수 있다는 사실을 보여 주었다. 사실 알이 없는 경우에도 그렇다. 우리 수컷은 있지도 않은 알을 계속 품을 뿐만 아니라 꼬리로 알에 산소를 공급하기도 한다. 그렇다고 우리가 어리석다는 뜻은 아니라는 걸 알아주기 바란다. 천성적으로 부족해서가 아니라 넘쳐서 실수가 잦다는 의미다. 섹스와 번식이 그 단어 원래의 말뜻에 부합하지 않는 모호한 물고기 언어에 따른다면, 내가 알기로 물고기는 그 단어가 쿠바 춤에 대한 거라고 생각할 거다. 자연히 주코틱처럼 극단적인 경우도 생긴다. 주코틱은 있지도 않은 아이들에게 이름을 붙여 주고 교육을 하기까지 한다. 하지만 정말 드문 경우다.

아무튼 자신의 아이들한테는 가능한 한 적게 말하고 간단한 명령으로 끝내는 게 좋다. "저속한 말을 하지 마라."(저속한 말을 먼저 배우지만 말이다.) 혹은 "거짓말하지 마라."(진실을 말하는 것은 위험하다.) 혹은 "'조심해, 친구, 미끼야.' 하고 절대 말하지 마라."(새 친구가 먼저 미끼를 물게 하라.)

내 여자 친구들에겐 "날 사랑해, 비스코비츠?" 하고 묻는 나쁜 습관이 있다.

그 질문에 나는 침묵으로 대답하곤 한다.

정말 그 질문이 맞는지 확실하지 않기 때문에라도 그렇다. 그 말을 한 당사자가 해마나 산호충이라면 전후 상황으로 볼 때 그런 뜻이 아니다. 하지만 말한 당사자가 아이들의 엄마라면 곧바로 정확한 답변을 하지 않는 게 좋다. 왜냐하면 교미한 암컷이 다른 무리에서 왔고, 그녀에게 '사랑'은 분명 다른 것, 즉 '부레를 긁다'라는 의미일 수 있기 때문이다. 같은 식으로 부레를 긁어 달라고 요구할 경우 실제로는 다른 것을 원할 수도 있다.

내 첫 아내인 라라를 예로 들어 보겠다. 라라는 다른 산호섬에서 왔다. 그녀를 처음 만났을 때 내가 '정어리'라고 말해도 그녀는 그 의미를 알아듣지 못했다. 그래서 나는 '좋은'과 '나쁜', '물고기'와 '갑각류' 같은 개념부터 시작해서 처음부터 모든 것을 설명해 줘야 했다. 이후 나는 최신 관용어나 시적 의미를 담은 고풍스러운 표현까지 설명을 계속했다. 결혼 후 한 해가 지난 어느 날 나는 대화를 나누기 위해 이런 질문을 던졌다.

"우리 무리에 주코틱이라는 녀석이 있는데, 뱃멀미를 한대. 어떻게 생각해?"

그러자 그녀는 "요가 수업? 안 돼, 당신한테 맞지 않을 거야." 라고 대답했다.

당황한 나는 아무렇지 않은 척하면서 화제를 바꾸려 했다.

"오늘 저녁 여기가 시원한데, 여보."

그러자 그녀는 "캐비아? 안 돼, 난 낙태에 반대야." 하고 말했다.

그러자 나는 우리의 지난 사랑 이야기가 모두 오해였음을 깨달았다. 나는 증오나 혹은 갑자기 끓어오르는 사랑의 감정을 담아 내 의견을 표현하곤 했다. 정어리 통조림에서 도망쳐 나왔다는 할아버지의 그 이상한 얘기까지 해 줬는데. 나는 그녀와 헤어지는 게 좋겠다고 결심하고 오해를 피하기 위해 바다를 바꾸었다.

그 후 나는 낚시에 걸려 수족관에 갇히고 말았다. 그곳에서 비로소 상황이 나아지기 시작했다. 나는 내 마지막 아내 리우바를 만났다. 내 과거 여자들 중에서 가장 말귀를 잘 알아들었고 서로 오해가 적었다. 처음에는 우리에게도 어려움이 있었다. 그녀의 완벽한 아름다움에 나는 머뭇거렸고 불안해했다. 그녀의 인내심 덕분에 이윽고 우리는 문제를 극복할 수 있었다. 시간이 가면서 우리는 작은 몸짓과 긴 침묵으로 이어지는 완벽한 의사소통 코드를 만들어 발전시켰다.

내 영혼이 열렸던 날을 기억한다. 나는 급선회를 하며 그녀에게 다가가 말했다.

"머릿속으로 당신을 애무해. 어떤 강한 마법이 나를 당신한테 묶어 놓은 걸까? 당신의 매혹적인 비늘에서, 다랑어 소스를 끼얹은 당신의 옆모습에서 달콤한 사랑의 무한한 신비를 꿈꿔."

그녀는 보일락 말락 하는 무관심한 몸짓으로 내게 대답했다. 그 몸짓은 많은 것을 의미할 수 있지만 난 이렇게 이해했다.

"꾸물거리지 마요, 내 사랑, 나는 조용히 즐기는 걸 좋아하지 않아요. 모든 의무에서 벗어나 자유를 만끽하며 나누는 강렬한 섹스를 좋아해요."

그러자 나는 물고기로서는 낯선 행동, 키스를 했다.

그날부터, 그녀가 종이로 만든 물고기일 뿐이라는 걸 깨달은 날부터, 우리 관계는 더 편안해졌고, 대화는 쉬워졌으며, 섹스는 환상적이었다.

넌 집게발이 먼저 나가, 비스코비츠

탄생은 절대 아름다운 경험이 아니다. 우리에게 탄생은 정말 참혹한 십오 분이었다. 우리를 아무렇게나 세상에 툭 던져 놓은 후 엄마는 우리를 혐오스러운 눈길로 쳐다보며 이렇게 첫마디를 뱉었다.

"저주받을 괴물들! 악마의 작품! 치욕스러운 창조물이야!"

그러고 나서 하늘을 향해 집게발을 쳐들며 말했다.

"신이시여, 이 치욕스러운 자손에게 저주를 내리소서! 그들의 씨를 저주하고, 그들의 역겨운 피조물을 정화하소서! 악마가 그들을 동정하도록!"

엄마에게서 기대되는 바람직한 모습이 절대 아니다.

우리는 엄마한테서 당연히 거미류가 보여 주는 따뜻한 사랑을 기대한다. 어미 전갈이 새끼 전갈들에게 하듯 목말을 태우는 모습을 기대한다. 교육을 기대한다. 새끼 몸에 침을 뱉고, 사막에서 새끼의 뒷배가 햇볕에 타건 말건 모래 구름을 일으키며 영원히 사라지는 어미의 모습은 상상하기 힘들다.

한 가족이면서 이름조차 남기지 않는 경우는 드물다. 엄마는 우리에게 성만을 남겨 주고 떠났다. 비스코비츠, 주코틱, 페트로빅, 로페즈.

그러니 우리 형제들이 서로를 형제로 느끼지 못하는 것도 놀라운 일이 아니다. 곧 우리는 각자 자신의 운명을 찾아 떠나기로 하고, 서로 다른 방향으로 집게발을 돌렸다. 페트로빅은 북쪽으로, 로페즈는 남쪽으로, 주코틱은 동쪽으로 갔다. 나, 비스코비츠는 태양 길을 따라 서부를 지배하러 서쪽으로 움직였다.

나는 나 자신에게 물었다.

"가족도 없고 배운 것도 없이 경쟁이 치열한 세상에서 어떻게 살아남을 수 있을까?"

엄마는 북아메리카에서 제일 뜨겁고 건조한 곳인 모하비 사막 한가운데에서 우릴 낳았다. 지표면 온도가 70도를 넘고 습도는 0에 가까웠다. 눈물조차 흘릴 수 없는 곳이었다.

갑자기 내 여덟 다리의 감각 기관들이, 나를 향해 움직이는 거대한 동물의 진동을 포착했다. 아마 나의 죽음을 원하는 듯했다.

원통해라, 이렇게 끝나다니, 내 탄생이 고작 시간 낭비에 불과했단 말인가 하고 난 생각했다. 우리 거미류는 포유동물처럼 질질 짜는 울보가 아니지만, 내 첫 반응은 있지도 않은 엄마의 품을 찾으며 훌쩍이기나 하는 울보 같았다. 이윽고 나는 도망가려 애썼다. 하지만 다리가 말을 듣지 않았다. 내 다리는 대뇌 신

넌 집게발이 먼저 나가, 비스코비츠

경절의 지시를 따르기는커녕 내가 원하는 것과는 정반대 방향으로, 자살의 길로 내 엉덩이를 이끌었다. 어찌 이리 우둔할 수 있을까? 그 괴물의 코밑에서 나는 내 작은 몸이 재빠르게 움직이며 일련의 동작을 취하는 것을 놀란 눈으로 지켜보았다. 나는 내 행동을 어떻게 통제하지도 못했다. 마침내 벌레는 독에 마비되어 머리가 내 꼬리에 박힌 채 땅에 뻗었다. 여전히 촉수를 움직였지만 나는 이미 그 벌레의 체액을 빨아먹고 돌기를 뜯어 먹기 시작했다.

그렇다면 나는 누구지? 대답은 분명했다. 살육자, 살육을 위해 프로그램된 흉악범이었다. 공포에 온몸을 떨면서 나는 그 조건 반사적인 행동에, 야수의 본능에 어떤 통제력도 가할 수 없다는 걸 깨달았다. 나는 괴물이었나?

이틀 후 여전히 그 사냥감의 살점을 뜯어 먹고 있는데 다른 전갈의 방문을 받았다. 길이가 못해도 5센티미터쯤 되는 시건방지고 교활한 녀석이었다.

"내 땅에서 사냥하는 게 마음에 들지 않아, 코흘리개. 벌레 놓고 당장 꺼져."

녀석이 천천히 힘주어 말했다.

그사이 이틀 동안 나는 조금 자라기는 했지만 그런 녀석에게 대적할 수 있을 만큼 충분히 자라지는 못했다. 다리 사이에 꼬리를 처박고 더듬이를 내려야 할 그런 상황이었다.

말이 혀끝에서 맴돌았다.

"용서하세요, 아저씨, 저는 태어난 지 얼마 되지 않았거든요.

이곳이 아저씨 땅인지 몰랐어요. 다시 한번 용서를 빌게요."

하지만 목소리가 내 뜻대로 나오지 않았고, 실제로는 이렇게 말하고 말았다.

"그딴 식으로 말하다니 마음에 안 드는군, 친구. 네 꼬리가 네 혀만큼 빠른지 어디 한번 보자고."

또다시 내 몸은 내 뜻에 순종하지 않았다. 집게발을 흔들고 꼬리를 무장한 채 전투 태세로 달려가는 내 모습을 나는 놀란 눈으로 보았다. 결투를 지켜보기 위해 개미 떼들이 우리 주변에 몰려드는 것이 옆눈으로 보였다. 무엇을 할 수 있을까? 아무것도 없다. 그 시시껄렁한 개미들처럼 결투를 지켜보며, 내 본능이 자기 할 일을 알아서 하기를 기대하는 수밖에. 적수가 먼저 움직였지만, 내 꼬리가 독을 내뿜을 때 녀석의 꼬리는 아직 공중에 있었다.

"대성하겠구나, 꼬마야. 이름이 뭐지?"

패배자가 숨을 헐떡이며 말했다.

"내 이름은 비스코비츠."

나는 숨을 몰아쉬며 대답했다. 죽은 고기를 갉아 먹는 청소부 벌레들에게 시체를 넘기고 꼬리를 씻은 후 나는 본능적으로 첫 번째 체절에 새김눈을 그었다. 대단해, 비스코비츠, 정말 대단해 하고 나는 속으로 말했다.

그 결투는 앞으로 이어질 결투의 행진에 불을 붙인 도화선에 불과했다. 매번 너무 건방진 전갈이 내가 밟은 땅의 주인입네 행세했고, 매번 내 꼬리는 똑같은 결심을 했다. 내가 한곳에서

넌 집게발이 먼저 나가, 비스코비츠

죽쳤더라면 쓸데없이 림프액을 흘리는 사태는 일어나지 않았을 텐데. 하지만 내 다리는 외로운 방랑자의 것이라서, 나는 다리가 이끄는 대로 갈 수밖에 없었다. 아무도 감히 내 앞길을 막지 못했다. 어느 날 일정한 거리를 두고 떨어져서 나를 지켜보던 집게발 녀석이 이렇게 말하는 소리가 들렸다.

"봐라, 얘야, 저 전갈이 비스코비츠란다. 그의 꼬리는 서부에서 가장 빠르지."

모래 언덕에 사는 동물들이 잘못을 시정하거나 분쟁을 해결하려고 나한테 도움의 손길을 내밀기 시작했다. 내 도움을 받을 수 있다면 먹이나 영토 등 어떤 대가라도 지불하겠다고 나서는 동물도 나타났다. 하지만 내가 가장 바라던 것은 정의를 위해 내 꼬리를 쓰는 거였다. 그래서 정직한 이아프 형제들이 그들의 땅을 보호하고자 내게 도움을 청했을 때 기꺼이 그들 편이 되어 주었다. 포악한 부자 유잉 형제들이 이아프 형제들의 손바닥만 한 땅을 노린다는 것이었다. 지금까지 유명한 일화로 남아 있는데, 나는 유잉 형제들이 보낸 자객들을 하나씩 제거한 후, 부트 힐에서 유잉 형제와 대적했다. 집게발, 꼬리, 턱을 써서 일격에 네 녀석을 한꺼번에 저세상으로 보냈다. 거기서 끝났더라면 자랑스러운 위업으로 남았을 텐데. 그런데 이아프 형제 넷이 그 승리에 희색이 만면하여 내게 감사를 표하러 왔을 때…… 나는 집게발, 꼬리, 턱을 사용하여 일격에 그들도 죽이고 말았다.

나는 미어지는 심정으로 그들이 죽어 가는 모습을 지켜보았다. 그들 중 하나가 내게 말했다.

"넌 우리에게 아무것도 해 줄 수 없어, 전갈. 넌 그렇게 생겨 먹었으니까. 넌 파루록토누스 메사엔시스, 오직 살인적인 속도의 반사 신경 때문에 살아남은 단순하기 짝이 없는 생명체지. 네 행동에 대해 생각할 수 있다면 그렇게 빠르지 못할 거야. 네 사고 능력 안에는 아무것도 없어. 생명의 전율만이 요동치지. 반사 신경 때문에 네 비판 능력은 상실되었어. 넌 이 생태계의 광기야. 통제 불능이고 어리석은 기계로 만들어졌으니까."

사실 그랬다. 나는 내 몸속의 이방인이었고, 원초적인 신경 조직의 자율 운동 앞에 무력했다. 나는 눈물을 짜내며 내 운명을 저주했다. 결국 내 동족들한테 해 줄 수 있는 유일한 봉사는 그들에게서 멀리 떨어지는 거였다. 그 때문에 신은 사막에 나를 놓았던 모양이다. 당신의 창조물들에게 최소한 해를 덜 끼치도록 말이다.

하지만 곧 발정기가 왔고, 내 다리는 암컷 페로몬이 제일 많이 집중된 곳으로 나를 데려가기 시작했다. 어느 날 나는 앞배가 볼록하고 꼬리 마디가 말뚝처럼 생긴 라라라는 분홍색 전갈에게서 페로몬 냄새를 맡았다. 라라는 머뭇거리는 나를 보더니 키득거리며 나를 안심시켰다.

"무서워하지 마, 비스코. 성 페로몬이 살육적인 반사 신경을 누그러뜨릴 거야."

그래서 나는 거의 닿을 정도까지 그녀에게 다가갔다. 처음으

넌 집게발이 먼저 나가, 비스코비츠

로 내 사고 능력 안에 생물체가 들어와 머물렀다. 처음으로 다른 생명의 숨결과 신진대사의 체온을 느꼈다. 기적이었다. 내 살육 본능은 아름다움과 사랑에 취해 잠을 잤다. 내 영혼의 고동, 내 사랑의 감정을 모두 그녀에게 전달하고 싶었다. 하지만 내가 표현할 수 있는 것이라고는 성교 반사 신경을 거칠고 짧게 뽑아내는 게 다였다. 그런데 그 반사 신경은 목표물을 빗나갔다.

"유감이지만 이 물질은 꼬리보다 정확성이 떨어지는 게 분명해."

나는 우물거리며 말했다.

"자연스러운 일이야. 우리 전갈들은 다소 거친 절지동물이거든. 두고 봐. 시간이 가면 더 좋아질 거야."

"시간이 가면? 성적 매력이 떨어지면 무슨 일이 일어나지 않을까? 살육적인 반사 신경이 다시 돌아올지 몰라."

"두고 봐. 성적 매력은 떨어지지 않을 거야. 그리고 살육적인 반사 신경이 불치병이라고 생각하지 않아. 너랑 살고 싶어, 비스코. 네 아이를 키우며 네 옆에서 늙고 싶어."

잠깐 동안 내 인생에 서광이 비치는 듯했다. 책임 있는 가장이 되고, 꼬리를 제자리에 둔 채 동족들과 조화롭게 살 수 있을 것 같았다. 일요일 미사에 참석해서, 기도 시간에 아무도 죽이지 않고 말이다. 신이 내게 축복을 내려 주실 것 같았다.

"좋아, 라라. 그렇게 하자. ……라라?"

나는 그녀가 잠들었다고 생각했다. 잠시 뒤에야 내 독침이 그녀의 머리에 박힌 걸 알았다. 우리 관계는 시간의 시험에 합격

하지 못했다. 마땅히 도리를 지켜야 한다고 생각하고 나는 그녀의 가족에게 시체를 가져갔다. 내 메마른 어휘 안에서 애도와 용서의 말을 몇 마디 찾았다. 하지만 내가 할 수 있는 건 그녀의 부모를 죽이고 여동생을 강간하는 게 다였다. 나는 정말 사회생활이 불가능했다.

그 일화는 내 고통스러운 애정 생활의 첫 번째 실망이었다. 안정된 애정 관계와 가족을 만들려는 내 시도가 실패하면서 나는 절망했다. 매번 똑같은 일이 일어났다. 사냥에서 돌아왔을 때 약탈자에게 내 사랑하는 가족이 학살당한 현장을 발견하는 날이 늘 왔다. 그러면 나는 가족의 무덤에서 복수를 맹세하며 살육자의 발자국을 따라 길을 떠났다. 하지만 매번 그 발자국은 원을 그리며 내게로 돌아왔다. 늘 내가 약탈자이고 살육자였다. 내 범죄가 명확해지면 난 내 머리 위로 꼬리를 치켜들며 헛되이 복수를 노렸다. '자살'이라는 말은 내 유전 어휘 속에 없었다. 내 살육적인 반사 신경이 나를 비웃었다. 과연 누가 그 끔찍한 행위에 끝을 내 주며 정의를 실현할 수 있을까?

우리 전갈들은 먹이사슬의 끝에 있다. 그래서 천적에게 살해당할 희망을 품어 볼 수도 없었다. 다만 나보다 빠른 꼬리만이 내 범죄에 대해 나를 벌할 수 있었다. 다행히도 나의 범죄와 강간과 살육이 이어지자 매우 많은 현상금이 내 목에 걸렸다. 그러자 현상금 사냥꾼들이 나를 찾아오기 시작했다. 그 지역에서 가장 빠른 꼬리들이 무리 지어 나를 추격했다. 매일같이 그들의 머리를 박살 내면서 나는 정말 솜씨 좋은 누군가가 나타나 주기

넌 집게발이 먼저 나가, 비스코비츠

를 간절히 바랐다. 혹시 내 형제 중 하나, 아니면 내 어머니를 강간하고 저주받은 인생을 만들어 준 얼굴도 모르는 내 아버지라도 나타나 주기를 빌었다.

하지만 어느 날 지평선에 나타난 그 누군가의 모습은 내가 생각한 것과 사뭇 달랐다. 독처럼 검고 증오처럼 빨갛게 불타며 죽음처럼 아름다웠다. 그는 신기루처럼 조용히, 하렘의 여자 노예처럼 온몸을 흐느적거리며 모래 언덕을 내려왔다. 그는 발목뼈를 한쪽으로 움직이며 사막의 여왕처럼 위풍당당하고 육식 요정처럼 심술맞게 딱딱한 몸을 구부린 채로 걸어 나왔다. 그러고는 내 앞 다섯 걸음 앞에 멈춰 서서, 발목뼈 부위에 촉수 침을 차고, 가재 같은 눈 네 개로 나를 노려보았다.

"환상을 품지 마. 난 너를 죽이려고 여기에 왔다."

그녀가 천천히 말했다.

그녀의 피부색에 나는 혼란스러웠고, 내 모든 자기방어 반사 신경이 해제되었다. 그녀의 뇌쇄적인 매력은 치명적인 일격을 가하기 전 먹이를 꼼짝 못 하게 만드는 독소처럼 나를 마비시켰다. 마침내 내가 찾던 것, 나의 패배를 찾아냈다. 종말을 감사히 받아들일 순간이 왔다. 하지만 그 순간 살고자 하는 갈망이 어찌나 강해졌는지, 그 순간 생존이 어찌나 중요한 의미로 다가왔는지 모른다. 그 악마 같은 유혹자, 나보다 훨씬 치명적인 살육 기계가 살아남는다고 내 죽음이 어떤 유용한 의미를 띠게 될까?

그 생각이 꼬리를 무장하고 전투 태세를 취하는 데 필요한 분노를 심어 주었다.

우리는 모든 생각을 비우고 차가운 눈으로 서로를 노려보며 꼼짝하지 않았다. 우리 몸은 모든 힘을 하나에, 즉 꼬리의 법칙, 서부의 법칙에 모았다. 긴 침묵이 이어졌다. 간혹 우리 주변에 둥그렇게 모여들어 사막의 옛 의식을 지켜보는 거미와 벌레와 곤충 들의 부스럭거리는 다리 소리만이 오랜 침묵을 깼다. 윙윙 거리는 바람 소리가 장송곡과 비슷하게 불길한 여운을 안겨 주 었다.

이윽고 우리의 살육적인 반사 신경을 예고하는 전율이 부르 르 일어났다.

우리의 몸은 상대방에게 달려들었다. 그리고…… 우리는 서로 의 몸이 서로를 애무하며 달콤하고 격렬한 포옹으로 하나가 되 어 가는 모습을 놀라 지켜보았다.

결국 더 당황한 쪽은 나를 죽이러 온 그녀였다.

"이렇게 수치스러운 일은 없었는데, 이런 적은 없었는데……. 너를 증오해, 비스코비츠."

"나도 너한테 호감이 없어. 하지만 나를 비스코라 불러 줘."

"난…… 리우바야."

그녀가 속삭였다.

몇 시간, 며칠 동안 그 결투는 여러 번 반복됐고 언제나 무승 부로 끝났다. 먼저 지치는 쪽에 승리는 돌아갈 것이다. 리우바 는 자기가 이길 것을 확신했고, 자신의 승리를 보여 주기 위해 연신 내게 덤벼들면서 나를 그녀보다 더 지치게 만들었다. 나는

넌 집게발이 먼저 나가, 비스코비츠

꼬리로 그녀를 치려고 했지만 힘이 빠져서 그 공격은 애무가 되어 버렸다. 싸움은 몇 주 동안 계속되다가 어느 날 내가 말했다.

"리우바, 이젠 명확해. 우리 사이엔 애정이 넘치는 정열 따위는 없어. 그리고 우린 서로 죽이고 싶어 하지 않아. 그러니 누군가 정말 다치기 전에 우리 둘을 위해 서로 헤어지는 게 좋겠어."

"당신 말이 맞아. 하지만 아이들은?"

"아이들? 낳자마자 죽이는 게 좋겠어."

리우바는 그녀처럼 검고 사악한 여자아이와 나를 꼭 닮아 꼬리가 빠른 사내아이를 낳았다. 꼭 빼닮아서인지 아니면 냄새에 무엇이 있어서인지 나는 아이들한테 꼬리를 내려칠 수 없었다. 아이들을 죽이려고 접근할 때마다 반사 신경이 멈칫했다. 대신 난 아이들에게 목말을 태워 주고, 옛날 노래를 불러 주고, 교육에 신경을 썼다.

매일 새벽 리우바가 습기를 유지해 주려고 아이들에게 모래를 덮어 주는 걸 볼 때마다 나는 공포를 느꼈다. 아이들이 처음 칭얼거릴 때 어쩌면 우리는 아이들을 죽일지도 몰랐다. 그리고 만일 우리가 아이들을 실망시킨다면 아이들이 우리를 죽일지도 몰랐다. 조만간 누군가 인내심을 잃을 터였다.

매일 저녁 숨이 턱에 차서 사냥에서 돌아올 때마다 나는 혹시 나쁜 일이 터지지 않았을까 조바심했다. 그런데 나는 내가 나쁜 일을 바라며 재난을 간절히 원한다는 사실에 소스라치게 놀라곤 했다.

하지만 날이 가도, 달이 가도 평화로운 생활이 계속됐다. 아이들은 건강하게 자랐고 학교 친구들을 학살했다. 나와 리우바는 서로를 깊이 사랑하며 이웃들을 살육했다. 모든 일이 순조롭게 지속됐고, 그 참을 수 없는 우울한 행복에서 빠져나올 방법은 없었다.

이름이 나쁘구나, 비스코비츠

인생에서 얻는 조그만 이득이 알파벳 순서대로 주어진다면 비스코비츠라는 이름은 큰 이득이 되지 않는다. 내가 태어난 개미집에서는 바로 그 규칙대로 우리 유충들의 입에 음식을 넣어 주었다. 나보다 더 재수 없는 유충은 오직 주코틱뿐이었다.

과일즙을 주는 대가로 유모들은 우리의 달콤한 체액을 원했다. 이는 애정 교환이 아니라 분비물 교환이었다. 영양 결핍과 실망감 때문에 내 림프선은 점점 말라 갔다. 배고픔을 달래려고 나 자신의 체액을 빨아 먹은 탓에 체액은 매일 더 시고 써졌다.

분비물이 다 떨어진 유충은 가장 경멸받는 존재였다. 다들 이렇게 말하기 시작했다. "썩은 내가 난다, 비스코비츠." "역겨워." "넌 아무짝에도 쓸모가 없어." 몹시도 상처가 되는 말들이었다.

"이제 움직일 때야, 주코. 행동할 때라고."

어느 날 나는 말했다.

"행동하다니?"

다리와 날개도 없고 성도 없는 유충으로서는 쉽게 이해하기 어려운 개념이었다.

"맞아, 미래를 세우는 거야. 우리의 운명을 발로 잡는 거야."

"발?"

"말이 그렇다는 거지! 젖꼭지같이 생긴 돌기로 움직여 보자. 필요하면 구멍들을 사용하고. 중요한 것은 알짜 유충들을 모아 놓은 집까지 가는 거야. 그곳 과즙을 먹으면 여왕개미가 된대, 친구. 그리고 세상을 지배하는 거야. 여기 맛없는 음식으로는 성이 없는 일개미나 될 뿐이야. 평생 유충으로 남을지도 몰라, 주코. 알아들었니?"

"난 유충으로 남아도 상관없어, 비스코. 어디를 가든 난 늘 개미일 거고, 그렇다면 형체 없는 원형질로 남는 게 나아. 바로 그 때문에 운명은 나를 여기에 갖다 놓고 이 이름을 줬나 봐."

그 멍청한 녀석과 무슨 말이 통할까? 모든 근육 섬유를 수축하고 구강 기관으로 불쑥 튀어나온 데를 물어 가며 나는 내가 있던 방 입구까지 몸을 끌고 갔다. 그다음엔 벽에 내 체액을 묻히면서 기어오르기 시작했다. 나는 내 사회 계급을 몇 밀리미터 올려 놓았다. 일주일간 미친 듯이 운동한 후 배가 고파 탈진한 채로 나는 위층 방들에 도착했다. 그러고는 숨을 헐떡이며 빈사 상태에서 방 안으로 굴러 들어갔다.

말라 버린 내 몸은 음식으로 교환할 분비물을 만들어 내지 못했다. 하지만 몇몇 유충이 내 모험담을 듣는 대신 분비물을 조

금 나누어 주었다. 원기를 찾은 나는 갑자기 깊은 잠 속으로 빠
져들었다. 나는 고상하고 위풍당당한 왕의 모습으로 명예로이
변신하는 꿈을 꿨다. 하지만 내가 먹은 것은 로열젤리가 아니었
다. 다시 잠에서 깼을 때 내 몸에 다리가 여섯 개 생긴 것을 확
인했지만 왕관은 없었다. 내 외골격은 단단했고, 낫같이 생긴
턱은 무기였다. 나는 병정개미였다.

첫 소집에서 그곳 친구들 옆에 나란히 선 나를 봤을 때 나는
적잖이 실망했다. 영양 결핍 탓에 나는 눈에 띄게 작았다. 내 몸
의 모든 체절은 위축되고 변형되었으며, 그 결과 내 신체는 제
대로 성장 발육하지 못했다. 친구들에 비하면 난 난쟁이였다.
키 순서대로 따져서 난 또다시 끝에서 두 번째였고 부대의 마스
코트, 진드기와 다름없는 존재였다.

그런데 가장 심각한 피해는 개미의 가장 중요한 기관인 냄새
를 풍기는 림프선이 위축된 거였다. 냄새 없는 개미는 정체성
잃은 개미, 소속 개미집이 없는 개미였다. 개미들 중에서 가장
쓸모없는 개미, 개미들의 기준에 따르면 기능도 의미도 없는 존
재였다. 없는 거나 마찬가지였다.

나는 누구도 내게 말을 걸지 않고 나와 음식을 나누지 않는다
는 것을 곧 깨달았다. 그들은 나와 몸이 부딪혔을 때만 내 존재
를 알았고, 때때로 그것도 모르는 경우가 있었다. 내가 시체인
줄 알고 나를 묻으러 오는 일도 심심찮게 일어났다. 그러면 그
들은 이렇게 말하곤 했다.

"이런, 비스코. 평화 시에도 이렇게 축 처졌는데, 전시에는 보

나마나겠군!"

그런데 이웃 개미집과의 전투가 시작되었을 때 적들도 나를 주목하지 않는다는 게 금방 드러났다. 그들에게 나는 곤충도 아니었고 존재하지도 않았다. 아, 턱이 녀석들에게 닿을 만큼 키가 컸더라면! 나는 '무명 군인'이라는 별명으로 불렸다. 진딧물과 톡토기류들이 나를 비웃었다. 아직 진화하지 못한 배아들까지.

어느 날 저녁, 어지러운 탓에 나는 자양분과 섬유질을 먹고 나서 먼지 덩어리 뒤에 숨어 휴식을 취하려 했지만 제대로 쉬지 못했다. 나는 내 존재를 자각하기 위해 요란하게 숨을 쉬며 조용히 기도했다. 내가 갈구한 것은 사랑이 아니었다. 성도 호르몬도 없는 곤충이란 걸 알았으니까. 지적인 만족도 기도하지 않았다. 나는 병정개미니까. 살충제를 뿌리던 뚱뚱한 신과의 화합을 꿈꾸지도 않았다. 분명 세속적인 쾌락을 갈구하지 않았다. 나는 권력을 갈구했다.

세상을 지배하고 내 이웃을 노예로 전락시킬 권력, 1미크론보다 큰 녀석들을 모두 굴복시키고 파괴할 수 있는 권력, 모든 요구를 심판하고 모든 변덕을 응징할 권력. 오직 그 생각만이 내게 살아갈 힘을 주었다.

나는 한 가지 계획을 궁리해 냈다. 난 작긴 했지만 집중하고 종합하는 능력이 부족하지는 않았다. 내게는 말 그대로 감정이나 양심의 가책 따위는 없었다. 천성적으로 갖가지 비열한 행위에 넘어가기 쉬운 못된 놈이었다. 냄새가 없다는 건 실제 나를 보이지 않게 만들었다. 붙잡히지 않고 어떤 개미집에든 들어갈 수 있었고, 다른 개미의 배에 몸을 비벼서 그 개미의 냄새를 취할 수 있었다. 시체들이 그 목적에 쉽게 이용되었다. 내 약점이 내 무기가 될 수 있다니.

모든 일은 매우 급박하게 전개되었다. 나는 우리 개미집과 적의 개미집 사이를 왔다 갔다 하면서 정보원 노릇을 하기 시작했고, 각 개미집에 상대편 군사 비밀을 누설했다. 나의 첩보는 전투 결과에 결정적인 역할을 했다. 그래서 양 진영에서 군사 계급이 급격히 진급했고, 여왕개미들로부터 관심을 받았다. 그러던 어느 날, 나는 양 진영의 사령관이 되었다. 나는 비스코비츠의 이름으로 나를 추앙하는 개미집에 승리를 안겨 주리라고 결심했다. 배신당한 개미집 여왕은 살해되었고, 그 백성은 노예가 되었다. 그 노예들 중 몇몇의 도움을 받아 나는 나의 여왕을 살해할 음모를 짰다. 그러고 나서는 다른 모반자들은 체포하거나 살해했다. 나는 계엄령을 선포하고 모든 권력을 잡았다.

다음 날 나는 나를 황제로 선포했다.

그 순간 나는 내가 아는 세상에서 가장 힘 있는 곤충이었다. 내 말이 곧 법이었고, 내 모든 행동은 역사가 되었다. 그 왕좌에서 난 혹성을 정복할 수도 있을 것 같았다. 혹은 카스트와 거세 그리고 수컷 살육 제도를 폐지하고, 역사의 과정과 종의 전반적인 진화를 수정하면서 새로운 문명을 창조할 수 있을 것 같았다.

하지만 개미들은 몇 달밖에 살지 못하고, 신은 휴가를 떠나면서 탁자에 커다란 마른 빵을 놓고 갔기에, 나는 거대한 내 동상을 건설하는 데 백성들의 에너지를 쓰기로 결심했다. 그 작품은 나의 위대함을 영원히 증언해 줄 것이요, 나를 영원불멸의 거대한 존재로 만들어 줄 터였다. 나는 직접 일을 진두지휘했다. 동시에 뒷다리들을 부드럽게 구부리고 지평선을 바라보면서 자세를 취했다. 그 외 다른 활동은 모두 중단되었고, 일할 수 있는 개미들은 모두 부업에 차출되었다. 일할 수 없는 개미들은 희생되었고, 그들의 몸은 건축물에 시멘트를 바르는 데 이용되었다. 병정개미들의 턱은 빵을 파내어 내 몸의 형체를 만들었다. 반면에 일개미들은 빵 부스러기와 시체들을 운반했다. 나는 노예들의 봉사를 평가하고 즐기며 인내심을 가지고 자세를 취했다.

기적은 거의 이루어졌다. 내 얼굴을 본떠 만든 동상의 표정에서 나는 내 만족과 흥분을 읽을 수 있었다. 사실 그대로였다. 살짝 구부러진 긴 더듬이, 떡 벌어진 가슴은 내 것이었다. 그 걸작품은 내 죽어 가는 노쇠한 몸보다 나를 훨씬 잘 표현했다. 두 번째 변신을 한 듯했다. 내 영혼이 그 완벽한 불멸의 몸으로 옮겨간 듯했다. 내 승리의 정점이었다.

단 한 가지, 주코틱이 빠졌다.

주코틱과 헤어졌던 악취 나는 지하 방에서 나는 녀석을 찾아냈다. 그는 거의 아무것도 못 먹어서인지 변신을 하지 못한 채 유충 상태로 남아 있었다. 겉늙고 주름이 자글자글한 아기, 말라붙은 림프선과 체념이 만들어 낸 뿌연 응어리일 뿐이었다. 자세히 보고서야 나는 그 사실을 믿을 수 있었다.

이름이 나쁘구나, 비스코비츠

"어린 시절은 끝났어, 주코. 다리를 만들어 걸을 때야."

"나는 여기에 있는 게 더 좋아, 비스코. 난 마음 편해. 약간의 음식을 자선받고 있어. 그러니 난 공동체에 짐이 아니야."

"조언이 아니라 명령이야, 주코. 네가 개미가 됐을 때 어떤 얼굴일지 보고 싶어. 네 꼴이 얼마나 우스운지 생각해 볼 수 없겠어? 다른 개미들이 네게 자선을 베푸는 건 네가 광대 같기 때문이야. 너를 비웃으며 자신이 우월하다고 느끼는 거지."

"사실이야 어떻든 황제가 직접 만나러 올 만큼 나는 가치 있는 존재야. 개미들이 나를 조롱하기 위해서가 아니라 조언을 구하기 위해 온다는 사실을 알면 넌 놀랄 테지……."

"그만 됐어."

나는 말을 잘랐다.

"호위대, 이 녀석에게 영양분을 공급하라. 로열젤리를 줘. 여왕개미가 되는지 보자고."

나는 과즙을 주코틱의 식도에 억지로 들이부었다. 하지만 변신은 일어나지 않았다. 말라붙은 주코틱의 다리는 늘어나지 못했다. 그의 몸은 무슨 종기처럼 터지면서 노란 내용물이 땅으로 흘러내렸다.

"아는 사이입니까, 폐하?"

호위대 대장이 물었다.

"내 가장 친한 친구라네, 장군."

"유감스럽군요, 폐하."

"아니야."

나는 화를 내며 대답했다.

"수백만 노예를 거느린 내게 친구 하나쯤이 무슨 대수인가?"

이틀 후 제막식이 열렸다. 제국 전체의 모든 다른 행사는 폐지되었고, 백성들은 거대한 동상 앞에서 무릎을 꿇었다. 사제들은 황제 찬가를 불렀고, 나 위대한 비스코비츠 1세는 기단 꼭대기에서 위풍당당하게 걷다가 군중에게 돌아섰다.

"제국의 시민 여러분, 이 놀라운 걸작품은 위대함을 상징하는 기념비입니다. 위대함, 바로 그것입니다. 여러분, 위대함은 밀리미터로 측정되는 것이 아닙니다. 위대함은 세기로 측정됩니다! 영원히 살아남을 가치가 있는 것입니다. 여러분, 시간의 평가에서 개미는 위대하고, 공룡은 작습니다……. 백성들이여, 그 어느 때보다도 지금 짐은 확신하는 바입니다. 지금 생존한 동물들은 모두 멸종하고 말 겁니다. 하지만 우리는 여기서 우리들의 개미집을 건설할 겁니다. 이 동상을 찬미하면서 우리는 외칠 겁니다. '이 말을 했던 이는 가장 위대한 인물 비스코비츠였다!'라고."

"만세! 황제 폐하 만세!"

그때 와지끈 하는 소리가 들렸다. 환호의 박수나 백성들이 발 구르는 소리 때문일까. 동상 뒷다리 두 개가 무너졌고, 배 부분이 흔들거렸다.

"의식을 연기하는 게 좋겠지요, 폐하?"

부하 장군이 물었다.

"아니, 계속한다."

이름이 나쁘구나, 비스코비츠

내가 명령했다. 재앙은 돌이킬 수 없었다. 누가 그 돌을 다시 들어 올릴 수 있단 말인가? 할 수 있는 일은 오직 하나뿐이었다.

나는 몸을 구부리고 턱을 뒤로 빼서 두 뒷다리를 단번에 잘랐다. 복부 아래 내 다리가 내 몸에서 떨어져 나갔다. 이상한 일이었다. 고통이 느껴지지 않았다. 또다시 동상과 나는 완벽히 닮아 보였다.

"위대함은, 백성들이여……."

나는 소리쳐 비명 소리를 덮었다.

와지끈.

다른 다리 셋이 무너져 내렸다. 이제 다리 하나가 동상을 받쳤다.

내가 해야 할 일은 하나뿐이었다.

"위대함은……."

나는 마지막 남은 다리 하나로 몸을 지탱하면서 소리쳤다.

쿵.

군중은 사방으로 흩어졌다. 조각상은 굴러떨어지면서 세 조각으로 쪼개졌다. 머리와 몸통은 박살이 났고, 통통한 타원형 복부만이 손상되지 않은 채 내 쪽으로 굴러왔다.

나는 움직일 수 없었다.

나를 괴롭힌 것은 죽는다는 생각이 아니었다. 그 복부의 모양이었다. 마치 유충 같았다. 나를 죽인 건 내 동상이 아니라 주코틱의 동상이었다. 내가 역사에 남긴 것은 황제의 초상이 아니었다. 아무 쓸모 없는 존재의 초상이었다.

너는 네가 누구라고 생각하니, 비스코비츠?

'나는 누굴까?'

나는 나 자신에게 묻곤 한다. 하지만 대답을 찾지 못하고 아빠에게 물어보았다.

"상황에 따라 다르지. 우리 카멜레온들은 이도 저도 아닌 중간에 떠 있는 존재란다."

"그럼…… 우리 개성은요?"

"얘야, 모든 개성을 다 보일 수 있는데 어떻게 한 가지 개성에 대해 얘기하겠니? 기막히게 아름다운 도마뱀 암컷들을 유혹할 수 있고, 학교에서 좋은 성적을 얻을 수 있고, 네가 어떤 다른 존재라는 단순한 말 한마디로 라이벌들을 달아나게 할 수 있는데 너 자신이 된다는 게 무슨 소용이 있겠니? 예를 들어 나를 보렴. 지금은 네 아빠지만 내일은 누구일지 누가 알겠어."

늘 똑같은 얘기였다. 원하는 것의 모습을 취하려면 색깔들을 조금 섞고 기관지를 부풀리기만 하면 된다. 그러면 아무도, 친척들조차 알아보지 못한다. 가족 모두 이름이 물음표로 끝나는 것은 우연이 아니다. 내 이름은 '비스코비츠?'다.

"무엇을 믿어야 할지 이제는 모르겠어요, 아빠. 혼란스러워요……."

"장하다, 아들아. 혼란스럽다면 너는 이미 똑똑한 카멜레온인 거야. 우리 존재의 비밀은 밝혀지지 않는 게 좋아, '비스코?'. 특히 어떤 뱀들한테는 더욱더. 이제 서둘러라, 학교에 가야 할 시간이다."

"학교에요? 학교에 뭐 하러 가요? 혀 수업만 하는걸요."

"맞아, 그래야 혀를 이마에 붙이지 않고 말하는 법을 배운단다."

"아빠, 장담하는데 혀를 잘 놀리려면 학교에 다니기보다는 오랫동안 멋진 뽀뽀를 하는 게 좋아요."

"네가 뽀뽀 운운하는 소리는 듣고 싶지 않구나, '비스코?'. 뽀뽀는 위험하다는 걸 알아 둬라. 얽히거든. 암컷의 끈끈이에 걸리지 않는 게 좋아."

"멋있잖아요. 사랑에 빠지면 어떻게 해요?"

"이런, 그렇다면 큰일이다, 얘야. 우리 카멜레온한테 그보다 더 심각한 재난은 없어."

"아빠한테는 그런 일이 없었어요?"

골똘히 생각에 잠긴 아빠는 머리 벼슬 쪽으로 둥글둥글 굴러가는 한쪽 눈을 치켜올렸다.

"그래, 나도 사랑에 빠진 적이 있지. 하지만 솔직히 누구였는지 모르겠구나. 배경 풍경과 그녀를 구별할 수 없었어. 그래서 나는 질투심에 사로잡혔단다. 누군가 나뭇가지를 살며시 스치면 그녀의 꼬리를 애무하는 게 아닌가 하고 생각했지. 나뭇잎에 맺힌 이슬을 핥으면 그녀의 귀를 빠는 게 아닌가 생각했고. 풍경을 감상하고 있으면…… 그래, 참, 아주 나쁜 상상을 했지. 다행히도 사랑은 열 현상이란다, '비스코?'. 우리 냉혈 동물들은 오전 11시에서 오후 2시 사이에만 조심하면 된다."

난 아빠의 빈정대는 말에 익숙했다. 진짜 내 아빠 맞을까. 나는 인사를 하고 늘어진 나무뿌리를 지나 내려갔다. 하지만 아래 수풀에 도착하자마자 셀라지넬라와 생강 나무 사이로 몰래 도망갔다. 수련 연못을 지나 내가 사랑하는 카멜레온 암컷의 나무까지 갔다. 나는 줄기 식물의 몸통을 조금씩 타고 올라가며 눈에 띄지 않도록 몸 빛깔을 잘 바꾸었다. 이윽고 그녀의 모습이 보이자 기뻤다. 그녀를 그렇게 분명히 보다니! 그녀는 착생 식물의 오목한 나뭇잎에 고인 물에 자신의 모습을 비춰 보고 있었다. 그녀는 콧노래를 흥얼거리며 천천히 허물을 벗는 스트립쇼를 펼쳤다. 변신하기 전 그녀의 몸은 환상적인 색깔들을 연출했다. 나는 부생란 뒤에 숨어 있다가 슬쩍 그녀에게 키스했다. 그녀에게 몰래 키스하는 카멜레온이 나쁜지 의문이 들었다. 나는 그녀가 눕기를 은근히 기대하며 나뭇가지를 혀로 핥았다.

"거기 누구야?"

그녀가 소리쳤다. 아마 내가 소리를 낸 모양이다.

"'비스코?'."

너는 네가 누구라고 생각하니, 비스코비츠?

나는 '비츠'라고 말을 끌면서 내 이름을 밝혔다. 티(T), 엘(L), 디(D), 제트(Z) 같은 철자를 건조한 목구멍으로 발음하면 끈적끈적한 혀가 입천장에 달라붙을 염려가 있기 때문이다.

"무슨 일이야?"

그녀가 또박또박 말했다. 그녀는 한쪽 눈으로 따로 제 모습을 계속 비춰 보았다. 그리고 한쪽 눈으로는 나를 바라보는 그녀의 눈을 바라보는 내 눈을 바라보았다. 나는 그녀에게 사실대로 고백했다. 그녀의 피부 색소 세포에 반했다며, 어떻게 하면 몸 피부를 그렇게 창조적으로 바꿀 수 있느냐고 물었다. 그녀는 나를 보고 웃었다.

"어렵지 않아. 독창적인 색을 연출하고 싶다면 기원으로 돌아가야 해. 자기 자신이 되는 비밀은 자신을 거부할 줄 아는 거야. 자신을 비운 다음 다시 채워야 해. 그걸 할 줄 안다면, 야호, 네 몸 색깔은 말을 하기 시작할 거야. 그러면 그 우스운 이름을 버리고 의문 부호 대신 감탄 부호를 넣을 수 있을 거야. 나는 '리우바!'야."

그녀는 채찍처럼 혀를 차면서 망설임 없이 그 어려운 이름을 발음했다.

"나와 산책할래?"

그녀가 느닷없이 물었다. 나는 돌처럼 굳었다.

"산책?"

"그래, 사랑의 계절이야. 너와 많은 사랑을 나누고 싶어……. 이리 와."

나는 내 행운을 믿을 수 없었다. 나 같은 코홀리개가 수풀의 요정과 사랑을 나누다니! 나는 천천히 다가갔다. 내 몸 빛깔이 그녀의 몸 빛깔을 따라 바뀌는 것을 보았다. 주홍색, 진한 청색, 개양귀비색. 물결무늬, 반점 무늬, 물방울무늬! 이게 행복이라고 그녀가 말했다. 그녀는 창백한 학교 여자 친구들과는 달랐다. 그녀를 만나기 위해 나는 산을 오르고, 독사와 사향고양이들을 지나왔던 모양이다. 그녀가 풍경과 섞인다면…… 난 이파리, 노을, 꽃을 사랑하면서 어디서든 그녀의 피부를 볼 것이다. 그리고 그 발음할 수 없는 이름 '리우바!'를 말할 것이다.

나는 무지개 빛깔 같은 그녀에게 덤벼들었다. 그녀의 오돌토돌한 피부를 애무했고, 그녀의 머리 벼슬을 휘감았다. 물결 같은 그녀의 몸에 나를 맡겨 두고 망각 속에 빠지면서 나는 그녀의 끈적끈적한 체액을 휘저었고, 그녀의 몸 피부 구석구석을 찬미했다. 우리는 나뭇가지 아래로 내려가 휘파람 소리가 나는 아카시아나무의 가시로 돌진했다.

이튿날, 내 멍청한 옛 애인 라라도 같은 상처를 입은 걸 발견했다. 생기 없고 침울한 학교 여자 친구 자나도! 그녀들이 모두 같은 카멜레온이었다니!

나는 마지막 확신마저 잃어버렸다.

그리고 마침내 나는 나 자신을 발견했다. 하지만 나는 나를 알아보지 못했다.

너는 네가 누구라고 생각하니, 비스코비츠?

마음의 안정을 찾았구나,
비스코비츠

내 마음에는 모든 것을 비워 낸 그지없는 기쁨만이 있다.

자아의 딱딱한 갑옷을 벗어 버린 내 정신은 갈망과 기억과 업의 충동에서 자유롭다. 깊은 명상에 빠져서 모든 활동이 중지된 상태, 숭고한 의식의 상태에 가까이 가 있다.

선험, 깨달음, 자각.

그때 다이아몬드처럼 딱딱하던 내 몸은 머리부터 발끝까지 찬란한 프라나*로 넘쳐흘렀다. 나, 비스코비츠는 신성한 아트만**에서, 영원한 오르가슴에서 빛으로 해체될 것이다……

그런데 바로 그때 불쾌한 냄새가 나의 비개골에 감돌기 시작했다. 과거에 묻어 두었다고 생각했던 냄새였다. 나는 정신을 집중하고, 기도문을 읊고, 만다라를 보려고 노력했다. 하지만 선정(禪定)의 섬세한 균형은 깨지고 말았다. 나는 고통스럽게

* prana. 산스크리트어로 생명력을 뜻한다.
** atman. 인도 철학에서 가장 기본이 되는 용어로 자아, 인간의 핵을 의미한다.

한쪽 눈을 떴다. 우리의 정신적 스승 비릴로가 내 앞에 있었다. 그는 평온한 명상에 빠져 있었다. 주변에 수도원의 다른 개들이 있었다. 누구는 아사나*에서 꼼짝하지 않았으며, 누구는 내적 수련보다는 파고다의 작은 제단들에 놓인 봉헌물에 더 관심이 많았다. 갈색 털 셰퍼드가 사원 계단을 올라가고 있었다. 제단 위에 발을 올려놓기 직전, 때맞춰 내가 녀석을 제지했다.

"성지에 들어온 거야, 주코틱!"

나는 컹컹 짖었다. 주코틱은 경찰견이었다. 녀석이 받은 훈련에는 어떤 정신 교육도 없었다. 과거에 나 역시 그 개 목걸이를 찬 적이 있었다.

"오랜만이군, 늙은 늑대!"

컹컹 짖으며 녀석은 내 엉덩이 냄새를 쿵쿵 맡기 시작했다. 우리는 지나간 시간, 우리가 마약 단속반에서 함께 일했던 시절을 얘기했다. 그는 내게 조언을 부탁하러 왔다고, 양심의 문제를 논하러 왔다고 말했다.

"난 윤리 문제 따위에는 관심 없어."

나는 짧게 말했다.

"부탁이야, 너는 내가 유일하게 존경해 마지않는 개야. 부서에서 제일 현명했지. 후각도 제일 좋았고……."

나는 녀석이 말하게 내버려두었다. 녀석의 교관인 코르지브스키가 가루를 조금 쓱싹해서 제 주머니에 챙겼던 모양이다. '차이나 화이트'를 한두 봉지도 아닌 3킬로그램씩이나.

* 불상을 안치하기 위한 대.

마음의 안정을 찾았구나, 비스코비츠

"우리는 헤로인에 대해 말하는 거야, 비스코. 사탄의 가루, 더 러운 똥 말이야……."

녀석은 마치 부서지기를 바라는 듯 큰 머리를 연신 흔들며 숨 을 헐떡거리고 멍멍 짖었다. 나는 녀석이 불탑 한가운데서 짖기 라도 할까 봐 겁이 났다.

"어떻게 하지, 비스코? 그가 자기 정원 흙을 파고 마약 봉지 를 숨긴 건 오직 나만 알아……."

불쌍한 주코틱, 나는 녀석에게 유감이 전혀 없다. 하지만 녀 석은 다른 혹성, 내가 더 이상 중력을 느끼지 못하는 혹성에서 왔다. 나, 비스코비츠는 다른 별의 표면을 떠돌고 있다. 그것을 녀석에게 어떻게 설명할 수 있을까?

"네 정신 상태를 이해해, 주코. 하지만 나와 말하는 건 시간 낭비야. 벌써 몇 년 전부터 난 네가 믿는 가치를 믿지 않았어. 그 리고 일반적인 가치도 믿지 않아. 결국 뭔가 믿는다는 것조차 믿지 않게 됐어. 그 후로 난 우주에 녹아들기 시작했지……. 네 가 숨쉬는 공기에서는 조언을 구할 수 없어, 주코……."

"이런, 여기서 사는 건 정말 너한테 이롭지 않아, 늙은 늑대."

녀석의 목소리에는 이해하려는 마음이 전혀 없었다. 나는 녀 석을 부드럽게 쳐다보았다.

"이제 가 봐야겠어. 네가 평안을 찾았으면 해."

나는 말을 맺었다. 그러고는 등을 돌려 내 갈 길을 갔다. 계단 꼭대기에 이르러 뒤를 돌아다보았지만 녀석은 더 이상 보이지 않았다. 천만다행히도 녀석은 조용히 돌아갔다. 하지만 사원 계단에 흐르는 것이 성수가 아니라는 걸 냄새로 감지했다.

나는 다시 모임 장소로 돌아가 가만히 앉아서 골똘히 생각했다. 이제 내 정신은 지난 기억으로 어지러웠다. 배지를 달고, 공적을 쌓고 민첩해서 훈장을 받았던 시절, 암늑대를 사랑하고 그 늑대가 살해된 때가 기억났다. 아니다, 열반의 평안을 찾는 날, 그 기억은 사라지리라.

일주일이 지났다. 나는 승가(僧伽)의 영혼을 정화하는 평정한 상태에서 호흡법을 통해, 신체와 정신의 평안하고 냉정한 명상을 통해, 깨끗한 구도의 길을 걸었다. 밝은 통찰력의 기술을 소개하면서 비릴로는 우리에게 이렇게 말했다.

"금방 스러질 너희들의 육체가 세상, 세상의 시작과 소멸, 세상의 소멸로 가는 오솔길을 알게 해 주겠다."

나, 비스코비츠는 그 오솔길을 따라 걸어갔다. 처음 비릴로를 봤을 때, 새끼 사자처럼 분장한 그 작은 흰색 푸들은 높은 경지에 이른 정신적 지도자의 인상은 풍기지 않았다. 하지만 그의 가르침을 받고 그의 맑은 시선에서 휴식을 찾는 행운을 얻은 자는 누구든 자신이 성스러운 동물, 흔들리지 않는 굳건한 지도자 앞에 있다는 사실을 깨달았다. 우리는 그가 꼬리를 흔드는 모습을 본 적이 없었다.

나는 다섯 가지 집착을 넘어서 일곱 가지 깨달음을 향해 가고 있었다. 나는 네 가지 고귀한 진리를 막 이해하려던 참이었다. 그때…….

마음의 안정을 찾았구나, 비스코비츠

공기에 암캐, 암늑대의 냄새가 감돌았다. 수행에 정진하려 했지만 그 냄새가 없어지지 않았다. 냄새가 점점 강해지며 나를 감싸더니 이윽고 컹컹대는 소리가 들렸다.

"비스코비츠?"

나는 숨을 한 번 크게 쉬고 눈을 떠 상대방의 얼굴을 마주 보았다. 이렇게 가까이에서 암늑대의 얼굴을 바라보는 게 얼마 만인가? 이 년 만이었다. 리우바가 죽은 뒤로. 그 편이 좋았다. 무슨 목적으로 금방 사그라질 쾌락을 찾는 걸까? 나는 무심히 그녀를 쳐다보았다. 나는 외모에 많은 관심을 두지 않는다. 긴 황갈색 얼굴에 깨물근과 목에는 흰색 털이 나고, 쫑긋 솟은 귀, 두툼한 입술, 양과 다소 비슷한 콧대, 그리고 코끝은 갈색이었다. 털 역시 갈색이었는데 붉은빛이 돌았으며, 털 아랫부분은 거의 분홍색을 띠었다. 잘록한 허리, 비스듬한 등, 넓은 어깨, 쫙 뻗은 엉덩이, 쏙 들어간 배. 잘 빠진 뒷무릎 관절, 살짝 처진 가슴, 벌리고 선 뒷발굽, 안정된 장골. 정말 균형과 배치가 뛰어나서 몸매와 형태가 가히 본보기가 될 만했다.

혈통이 좋고 엄선된 암캐임이 분명했다. 개 나이로 한 살 반쯤 되어 보였다.

"내가 비스코비츠입니다."

"나는 라라 형사예요, 마약국의."

그녀가 내 고환 냄새를 맡았기에 나도 감사의 답례를 했다. 거시기에서 코로 알아낼 수 있는 정보의 양은 놀라울 정도다. 영혼의 미세한 떨림이나, 혹은 좀 더 물질적인 성향을 지닌 이라면 호르몬 순환을 모두 알아낼 수 있을 정도였다. 나는 발정기가 가까워졌다는 분명한 신호를 감지했다. 성적으로 말해서 그 암캐는 시한폭탄과도 같았다.

"법을 위해 내가 뭘 도와줄 수 있겠습니까?"

"우리 형사 중 하나인 주코틱 형사가 일주일쯤 전부터 행방이 묘연해요. 믿을 만한 정보원에 따르면 사라지기 직전 당신과 접촉했다고 하던데요, 비스코비츠."

그녀는 째지는 목소리, 거의 화난 듯한 목소리로 컹컹 짖었다. 그녀의 두 눈은 계속해서 내 털 사이 털 없는 곳의 얼룩을 훑었다.

"내가 정말 뛰어난 전직 형사 비스코비츠와 얘기하는 거라면……."

"비스코, 편하게 그렇게 불러 주세요."

"솔직히 나는 뭔가 다른 것을 기대했어요. 조사관 비스코비츠의 업적, 전설적인 코, 용기에 대한 이야기를 강아지 때부터 들었거든요. 그런데 지금은……."

그녀에겐 실망감을 감추려는 기색이 전혀 없었다.

"지금 뭔가 하려던 얘기가 있는 것 같은데."

"저, 얘기의 끝이 아름다울 것 같지 않네요. 우리의 영웅은 피부병과 진드기에 감염된 채 쓰레기 더미에서 낚시나 하는 신세죠."

"방랑 생활이라고 하는 거요, 형사. 누구는 개 목걸이와 입마개보다는 그 생활을 더 좋아하기도 하니까."

마음의 안정을 찾았구나, 비스코비츠

주코틱이 했던 얘기를 나는 간단히 그녀에게 설명했다. 경험 상 나는 이 일이 위험하다는 것을 감지했고, 그녀에게 사건에서 손을 떼라고 충고했다.

"나는 주코틱 형사가 끝까지 자신의 임무를 다했으리라고 확신해요. 나 역시 내 임무를 다하려 노력할 겁니다."

그녀가 짖으며 얘기했다.

난 그녀의 헌신, 진취적인 정신, 대담한 용기에 반해 버렸다. 하지만 그녀가 훈련장에서 빠져나온 이유 뒤에는 호르몬의 욕정이 숨어 있다고 생각하지 않을 수 없었다. 이유야 어쨌건 그 암캐는 내 맑은 영혼에 방해가 될 위험 요소였다. 난 그녀에게 작별 인사를 했다.

뒤돌아 가면서 그녀는 강력한 호르몬을 방사했다. 미루어 짐작하지 않아도 그곳에 다른 개들이 많다는 것을 알 수 있었다. 나는 당황하며 그녀를 쳐다보았다. 반면 그녀는 발견해 낼 수 없는 뭔가를 찾아 킁킁 공기 냄새를 맡았다. 어쩜 저렇게 순진할 수 있을까?

"공기 중에서는 주코틱의 냄새를 찾을 수 없을 겁니다, 형사. 그런 자취, 공기 중 냄새는 동물의 땀샘이나 외분비선에서 나오는 거지. 잘해야 몇 분 정도 지속될 뿐이에요. 당신이 관심을 가져야 할 것은 땅 냄새, 땅에 떨어진 털이나 비듬처럼 접촉에서 나온 냄새입니다. 더욱 좋은 것은 오줌 흔적이에요. 비가 오지 않거나 다 증발되지 않았으면 며칠이라도 지속되거든."

"자취가 뭔지는 나도 알아요."

그녀는 예쁜 송곳니를 드러내며 으르렁거렸다.

나는 주코틱이 오줌을 쌌던 계단으로 친절하게 그녀를 안내했다. 또다시 그녀의 냄새가 나를 자극했다. 그 암컷 늑대는 배란 중이며 조만간 그 냄새가 차이나타운 전체에 퍼질 게 확실했다.

"나와 주코틱의 우정 때문입니다……. 이번 조사를 도와주는 게 좋을 것 같아요, 형사……. 음…… 내 보호가 당신한테 도움이 될 거라고 생각해요."

그녀가 뭐라고 짖어 댔지만 신경에 거슬릴 정도는 아니었다. 그녀에겐 오히려 거부 의사가 없어 보였다.

주코틱의 흔적을 따라가는 것은 나한테 어려운 일이 아니었다. 나는 추적하면서 조용히 라라와 잡담을 나눌 수 있었다. 외려 그녀가 자신에 대해 내게 설명했는데, 점점 더 제어하기 어려워졌는지 흥분에 사로잡혀서 날카롭게 짖어 댔다. 그녀는 경력을 쌓고 싶지만, 허영심을 만족시키기 위한 것은 아니라고 말했다. 이상주의자였고, 세상의 악을 바로잡고 싶어 했다. 꼬리 절단, 귀 절단, 강아지 매매, 거세, 시립 개 사육장 같은 악을 말이다. 엄선되고 또 엄선된 혈통이었지만 그녀는 견종 차별, 혈통서, 순종 표준, 애견 대회를 혐오했다. 이따금 그녀에게서 리우바의 모습이 느껴졌다. 리우바도 그녀처럼 젊고 꿈과 호르몬이 가득했다. 그녀가 경력을 쌓고 싶어 했기 때문에 나는 걸어가면서 그녀에게 직업의 기초 지식, 추적의 첫 번째 기본 원리를 가르쳐 주는 게 좋겠다고 생각했다. 역추적, 장외 추적, 교차

마음의 안정을 찾았구나, 비스코비츠

추적, 아스팔트나 흙먼지 길 혹은 잔디밭같이 성질이 다른 지면들을 옮겨 다니는 법 등을 그녀에게 설명했다. 림프선이 있는 곳, 입이나 후각 연수와 연결된 코의 서골을 사용할 필요가 있다고도 얘기했다. 나는 그녀의 혀를 핥으면서 설명하고는 서서히 그녀의 몸을 핥으려 했다. 그때…….

"저 작은 동물들, 귀엽지 않아요?"

그녀가 짖었다. 구역 첫 번째 출입구였다. 그녀는 그 놀라운 세상 앞에서 전혀 놀라지 않았다.

"쥐들이에요. 저 매혹적인 언덕은 쓰레기 더미고."

쥐 두 마리가 뼈다귀를 만지작거리다가 욕을 하며 도망갔다.

직업의식과 업무 자세를 모두 버리고 마냥 행복해하며 라라는 뼈다귀를 빨다가 땅에 묻었다. 나는 그녀가 매력적으로 꼬리를 흔드는 모습을 지켜보았다. 어쩜 저렇게 마냥 즐거워할 수 있을까? 어쩜 저렇게 상큼할 수 있을까? 어쩜 저렇게 젊을 수 있을까? 나는 그 틈을 타서 쓰레기 더미를 슬쩍 파헤쳤다. 생각처럼 그리 기분 나쁘지는 않았다. 썩은 내가 정신의 양식을 풍부하게 해 주기도 했다. 라라는 입에 커다란 대퇴골을 물고 내게 다가왔다.

"이빨을 좀 더 날카롭게 갈아야 했어요. 이제 날카로워졌네요. 이 쓰레기 냄새 한복판에서 주코틱 형사의 흔적을 찾을 수 있다고 생각해요?"

어쩜 저리 순진할 수 있을까?

나는 흔적을 찾을 필요가 없다고 말하고는 주코틱 형사는 그녀가 입에 물고 있는 것이며, 대퇴골의 일부는 이미 땅에 파묻혔다고 설명했다.

주코틱의 죽음은 놀랍거나 당혹스러운 사건이 아니었다. 내게는 단순히 업의 법칙, 윤회의 바퀴, 인생의 무상함을 반추해 볼 수 있는 기회였다. 죽음은 어디에나 있다. 매 순간 나, 비스코비츠도 삼라만상과 함께 죽고 다시 태어난다. 하지만 라라 형사에게 주코틱의 죽음은 충격이었다. 그녀의 아슬아슬하던 감정 균형은 깨졌고, 트럭에 치인 것처럼 울부짖기 시작한 그녀는 몇 시간째 그러고 있었다.

나는 그녀를 위로하기 위해 최선을 다했다. 죽음에서 삶이 시작되며 저쪽, 저쪽 길에선 죽음이 삶처럼 축복이라고 설명했다. 그러면서 나는 그녀의 뒤로 돌아가 한쪽 다리를 그녀의 궁둥이에 얹고, 다른 쪽 다리를 그녀의 허리에 올려놓았다…….

갑자기 그녀가 앞으로 뛰어나갔다.

"맞아요! 코르지브스키! 그가 살인자예요. 빨리 가요. 놈의 빌라가 여기서 멀지 않아요. 어쩌면 장물을 들이대며 놈을 몰아붙일 수 있을지 몰라요. 놈을 붙잡을 때까지 난 마음을 놓을 수 없을 거예요."

그녀가 컹컹 짖으며 말하고는 곧 행동에 옮겼다. 그녀는 허리를 흔들며 알라메다 동네 쪽으로 걸음을 재촉했다.

"그 상태로 어디를 갈 생각이지? 금방 그 동네 개들이 모두 당신한테 달려들 거라는 걸 모르는 거야?"

마음의 안정을 찾았구나, 비스코비츠

그 말은 현실이 되었다. 말을 채 끝내기도 전에 불량배 세 녀
석이 건방지게 인상을 잔뜩 찌푸리고 우리 앞에 나타났다. 사냥
개, 맹견, 조그만 슈나우저였다.

"멋진걸, 늑대 아가씨!"

슈나우저가 짖어 댔다.

"저들이 왜 저러죠, 비스코비츠?"

"알아맞혀 보세요."

"내가 공무 수행 중이라고 저들에게 말해 주세요."

"우리도 그 공무를 수행하고 싶은데, 아가씨."

사냥개가 비아냥거렸다.

"아가씨 말 들었지? 꺼지지 못해!"

"당신이나 꺼지시지, 아저씨."

맹견이 으르렁거렸다.

얌전한 설득이 통하지 않을 게 분명했다. 송곳니를 보이는 정
도로는 충분치 않을 것이다. 나는 발로 차서 조그만 슈나우저를
손봐 주었고, 사냥개의 엉덩이를 물어뜯었다. 맹견이 내 어깨를
공격하자 녀석을 땅바닥에 내팽개쳤다. 녀석은 나보다 젊었고,
나보다 어깻죽지가 30센티미터 정도 높았다. 내가 투사 거리의
무사도 권법 사부가 아니었더라면 불쾌한 저녁이 됐을지 몰랐
다. 나는 일부러 고양이 권법을 등 쪽에 날리면서 고양이 소리
를 냈다. 녀석들은 이미 줄행랑을 치고 있었다. 한쪽 귀에서 피
가 났다. 나는 폭력을 증오했기에 마음이 울적했다.

라라의 모습은 보이지 않았지만 그녀의 냄새는 사라지지 않

았다. 나는 쏜살같이 뛰어가서 그녀를 따라잡았다. 코르지브스키의 집 앞이었다. 경비견이 지키는 넓은 저택이었다.

"피가 나요, 비스코."

처음으로 그녀가 비스코라고 불러 주었다.

"용감했어요."

그녀가 내 상처를 핥기 시작했다. 길고 뜨겁고 영원할 것 같은 애무였다.

이것만이 평안을 되찾을 방법인 듯했다. 늘 말했듯이 언젠가 나는 추잡한 물질적 집착을 넘어설 것이다. 하지만 지금은……강물이 흐르는 대로 몸을 맡기는 것이 좋지 않을지……. 혹시 그것이 도의 길 아닐까? 나는 이미 그녀의 꼬리 쪽에 있었다. 그때였다. 빵! ……코르지브스키의 빌라 쪽에서 총성이 들려왔다. 라라가 벌떡 튀어 나갔다.

"빨리 비스코, 저들을 놓치지 말아요!"

"멈춰, 저들에겐 총이 있어."

나는 그녀를 말렸다. 하지만 그녀의 아름다운 뒷모습은 이미 울타리를 넘어 사라진 뒤였다. 줄행랑을 쳐서 목숨부터 건지고 볼 때였다.

총성이 또 한 방 들렸다.

나는 욕설을 퍼부으며 정원으로 뛰어 들어가서는 열린 창문 하나를 찾아내고 집 안으로 뛰어들었다.

코르지브스키 경사가 피범벅이 된 몸으로 주방 바닥에 쓰러져 있었다. 이마 한가운데 구멍이 뚫렸고, 다른 한 방은 가슴 윗

마음의 안정을 찾았구나, 비스코비츠

부분을 관통했다. 벽에 난 구멍으로 미루어 살인 도구는 45구경
총으로 판단되었다. 나는 킁킁거리며 주변을 돌아보았다. 내가
싫어하는 냄새가 났다. 냄새가 퍼진 반경의 부피와 넓이로 판단
컨대, 살인자 둘은 키가 작고 왜소했다. 그들이 남긴 숨결에서
차우멘 냄새가 났다. 적자색 염료로 갓 새긴 문신 냄새도 났다.
두 살인마는 차이나타운에서 가장 세력이 큰 '붉은 용' 조직원
이 분명하다고 맹세할 수 있다. 사건을 여기서 접어야 할 가장
좋은 이유였다.

　부르릉하고 엔진 시동 거는 소리가 들렸다. 자연히 라라는 그
차, 회색 벤츠를 추적했다. 나는 그녀를 따라갔지만, 우리는 절
대 그들을 따라잡지 못할 터였다. 그녀도 그 사실을 깨달았을
즈음, 나는 도로 한가운데 타이어 자국을 따라가는 게 현명하지
않겠느냐고 물었다. 그러면서 공원 쪽을 가리켰다. 공원은 더할
나위 없이 평온했다. 노을이 져서 사방이 붉게 물들었다.

　티티새 소리가 들리고 박하 향이 풍기는 축복의 장소에 도착
하자 나는 옛날의 비스코비츠로 돌아가 풍경을 즐겼다. 싱그러
운 풀밭에 털을 누이고, 노을 앞에서 감상적인 사냥개가 되어
감동에 사로잡혔다. 라라는 내 눈을 쳐다보며 고백했다.

　"아, 비스코, 참을 수가 없어요. 이건 본능이에요. 본능이 나
보다 강해요."

　"당연하지. 당신은 발정기에 들어선 암캐고 난 매력적인 늑대
니까……. 본능에 몸을 맡겨요."

　"본능에 몸을 맡기라고요?"

"그래요."

라라는 벌떡 일어나 앞으로 뛰어나갔다. 그리고 물속으로 뛰어 들어가더니 어떤 사람이 호수에 던진 나무 막대기를 향해 헤엄쳐 갔다. 그것이 그녀가 말한 본능이었다. 주인이 던진 물건을 집어 오는 충직한 습관이 유전되어 본능이 된 것이다. 막대기를 집어다 주자 그 사람은 다시 막대기를 멀리 던졌다. 그러자 라라가 따라갔다. 나는 무엇을 해야 할까? 나도 물속으로 뛰어들었다. 라라를 따라잡아 옆에서 나란히 헤엄쳤다.

"내가 얼마나 유능한지 봤죠? 물속에서도 찾아냈잖아요! 물건 집어 오기에서는 아무도 나를 따라잡지 못해요. 어떤 막대기도 나를 피해 가지 못했다고요!"

어쩜 저리 순진할 수 있을까?

나는 그녀가 입에 문 것이 막대기가 아니라고 설명했다. 45구경 루거 자동 권총이었다. 탄약 칸에 여덟 발, 총신에 두 발이 들어 있었다. 나는 그녀에게, 살인자에게 범행 도구로 사용된 무기를 다시 가져다주는 것은 신상에 이롭지 않다고 말해 주었다.

이번에 라라는 차이나타운 중심부, '세 개의 탑 공원'까지 살인자들이 탄 자동차를 쫓아갈 수 있었다. 우리 여행이 시작된 곳이었다. 두 놈은 성지에 들어가서 신자들 사이에 섞였다. 그 순간 나는 내 동무에게 우리가 아주 특별한 성지에 왔다는 사실을 알려 주어야 했다. 같은 장소에 도교 사원인 '탕', 불교 사원

마음의 안정을 찾았구나, 비스코비츠

인 '시', 공자 신사인 '미아우'가 모여 있는 곳이었다. 구석구석이 모두 엄격한 풍수지리설에 입각해서 세워졌다. 작게 짖어야 하고, 발정기에 들어선 암캐를 데리고 들어와서는 절대 안 되는 장소였다. 하지만 라라는 막무가내였다. 두 놈이 헤로인을 가지고 있고 그것 때문에 주코틱이 죽었다고 확신했다. 그래서 무슨 일이 있어도 헤로인을 찾아내고 싶어 했다.

우리가 두 살인자의 모습을 찾아냈을 때 놈들은 열두엇쯤 되는 삼총사 조직원들과 함께 있었다. 수도승들도 그들과 함께였다. 그들은 의식용 우산을 쓰고 구안 힌을 위한 중앙 제단 '시'를 향해 줄지어 봉헌물을 바치고 있었다.

그 봉헌물 중에 차이나 화이트 몇 킬로그램도 있었다.

나는 라라의 개 목걸이를 잡아 제지했다. 그렇게 신앙심이 깊은 종교 집단을 방해해서는 절대 안 되는 법이다. 더군다나 개들은 신 앞에 나설 수 없었다.

"당신 얼굴은 여기에 잘 알려졌잖아요, 비스코. 수도승들의 관심을 끌어 봐요."

나는 수도승들도 삼총사 조직과 한통속이라고 설명해 주었다. 마약은 신자들의 봉헌물, 코끼리 목상이나 용 도자기에 숨겨져 있고, 그 조각상들은 언제나 용서의 신인 구안 힌의 축복을 받으며 다른 도시의 차이나타운으로 옮겨질 거라고도 말해 주었다. 삼총사 조직은 종교 행사에 매우 열성을 보였는데, 하늘의 한자리를 차지하려면 그래야 했을 것이다. 붉은 봉투에 현금이 들어 있었다. 수도승들을 위한 것이었다. 어쨌든 나는 그런 것에 관심 없다고 그녀에게 말했다. 각자 자기가 옳다고 생각하는 대로 자신의 천국에서 살 수 있으니까. 마약 가루가 든 봉투 속에 그 천국이 있다 해도 말이다. 그리고 수도승의 우두머리는 개들을 좋아하는 사람이었다.

"나도 개들을 좋아해요, 비스코. 하지만 난 돌아다니며 그 물건을 유통하지는 않아요. 세상에, 당신이 이런 사실을 알면서도 본부에 알리지 않았다니 믿을 수가 없네요."

라라는 흥분해서 제정신이 아니었고, 경멸감과 발정으로 몸을 떨었다.

"케이크 조각은 그들 것이기도 해. 코르지브스키는 자신의 입에 맞지 않게 너무 많이 꿀꺽해 버리는 실수를 범했어. 계약 위반이었지. 그것 때문에 죽은 거야. 몇 년 전, 내가 아직 공직에 있을 때, 나와 리우바 형사는 함께 이 범죄 행각을 찾아냈어. 마약수사국에서는 아무도 움직이지 않았지. 그래서 리우바가 목숨을 잃었고……."

"리우바. 아주 아름다웠겠군요, 그렇죠?"

"그랬어. 진짜 암늑대였지."

"우리가 그들을 위해 나서야 해요, 비스코."

"뭐?"

"내 말 들어 봐요. 나는 형사로서 별로 유능하지 못해요. 하지만 일에 대한 확신은 있어요. 적어도 저 물건 샘플이라도 압수하기 전에는 여기서 절대 나가지 않을 거예요. 주코틱과 리우바, 그들을 위해 우리가 나서야 해요. 당신은 나를 도와줄 거예

마음의 안정을 찾았구나, 비스코비츠

요, 비스코비츠. 당신은 일을 하면 끝장을 보니까요."

짜릿한 현기증이 일 정도로 그녀는 내 허리에 털을 비비고 내 눈을 똑바로 쳐다보았다. 우리는 서로의 마음을 이해했다.

"저 가루는 잊어버려. 사방에 총을 든 경비원들이 있어. 수도 승들 사이에도 말이야. 아무도 성소에 들어갈 수 없어."

"저 위에 통풍구가 있어요. 개는 들어갈 수 있어요."

"그래, 하지만 파고다의 개들도 있어, 라라. 도베르만과 불마 스티프야. 수도승들이 훈련한 경비견들이지."

"그 개들은 내가 알아서 할게요."

"뭐?"

"발정한 암캐의 힘을 과소평가하지 말아요, 비스코비츠."

라라의 얼굴이 죄라도 지은 양 빨개졌다. 라라는 정원 쪽으로 허리를 흐느적거리며 걸어가서 그곳에 있던 불탑 주위 개들에 게 창녀처럼 꼬리를 흔들며 접근했다.

난 무엇을 할 수 있을까?

나는 경전을 외우며 연꽃을 보았다.

세 시간 후 다시 라라가 돌아왔다. 비릴로를 포함한 수도원 모든 개들의 냄새가 그녀 몸에서 묻어났다. 그녀는 비스듬한 자 세로 걸으며 옛날 노래를 흥얼거렸다.

"해냈어, 라라?"

나는 라라를 사원 밖, 내가 제일 좋아하는 은신처, 건축이 중 단된 낡은 집으로 안내했다. 구석에 커다란 봉투 세 개가 있었 다. 석회 가루인 듯했다.

"아, 비스코! 이리 와요, 뭘 기다려요?"

라라의 활짝 커진 눈동자가 비취처럼 녹색으로 변했다.

하룻밤 동안, 그 밤 내내 나는 생존을 위한 모든 노력, 썩은 내, 그리고 벼룩을 잊어버렸다. 나는 시간을 멈추고, 공간을 확대하고, 가능하면 신성한 정(定) 상태에 이르려 애썼다. 나는 새벽이 돼서야 깨어날 수 있었다. 긴 하루였다.

"비스코, 말해 봐요, 불탑의 개들 중에⋯⋯."

"알고 싶지 않아."

나는 으르렁거리며 말했다.

"사랑해요, 비스코."

"억지로 그런 말 하지 마. 며칠 후면 당신은 오징어처럼 냉정해질 거야. 그 편이 더 낫고."

"하지만 우리가 완벽한 한 쌍이라고 생각하지 않아요? 당신 후각과 나의 헌신을 합치면⋯⋯."

"'공무'에? 아니, 라라. 호르몬이 어떻게 늘 우리를 속일 수 있는지 알면 놀랄걸. 이 우주에서, 모든 것이 불안하고 무상한 우주에서, 개들의 사랑보다 더 쉽게 변색되는 것은 없을걸. 어떤 환상도 그보다 짧진 않아. 이것 때문에 우리에겐 다른 우상, 다른 주인이 필요한 거라 생각해."

"당신은 아니에요, 비스코. 당신은 누구에게도 충실하지 않아요. 당신을 길렀던 집단에게도, 파고다의 수도승들에게도, 나에게도. 당신에겐 주인이 없어요."

"오해야. 나 역시 개 목걸이를 갖고 있어, 라라. 그 어떤 뾰족

마음의 안정을 찾았구나, 비스코비츠

한 목걸이보다도 고통스럽지. 그 어떤 거짓보다도 달콤하고."

"리우바예요?"

"아니."

이젠 알려 줄 필요가 있었다. 나는 코로 빌어먹을 물건을 보여 주었다. 라라는 골똘히 쳐다보더니 머리를 흔들었다.

"이해할 수 없어요. 마약 가루요? 마약 압수를 즐기나요?"

어쩜 저리 순진할 수 있을까?

나는 라라에게 설명하려 애썼다.

"들어 봐, 강아지였을 때부터 마약 냄새를 코밑에서 맡아 왔어. 이렇게나 예민한 코에 말이야⋯⋯. 매번 그 빌어먹을 훈련 기간 동안 날마다⋯⋯ 사탕이나 비스킷이 아닌 다른 것이 머릿속에서 빵빵해지는 거야. 일주일이 지나면 마약의 노예가 되지. 그러면 인생에 다른 것은 존재하지 않게 돼. 이렇게 나는 마약 가루 찾는 데 귀신 같은 경찰견이 된 거지. 찾아내지 않을 수 없었거든. 마약이 든 음식을 발밑에 놓고 즐기기 위해서가 아니라도 말이야⋯⋯."

내 몸에 소름이 돋았고 입에 거품이 생겼다.

"빠져나올 수 있게 도와줄게요, 비스코. 내 사랑이 더 강해요. 당신을 사랑할 거예요, 비록⋯⋯."

"비록 뭐? 비록 그 물건이 일주일 전부터, 그러니까 내가 코르지브스키 집 정원에서 파헤쳐 가져온 날부터 여기에 있었다는 걸 당신한테 말해도? 코르지브스키가 삼총사 조직의 마약을 전달하지 못해 죽었다고 말해도? 앞길에 방해가 돼서 내가 주코틱을 죽였다고 말해도?"

"믿을 수 없어요, 믿을 수 없어요, 도저히 믿을 수 없어요⋯⋯."

라라는 컹컹 짖더니 마약 봉투를 입에 물고 출구 쪽으로 뒷걸음쳤다.

"그것 내려놔, 라라!"

나는 라라에게 경고했다.

하지만 바로 그 순간 개 짖는 소리를 듣고 제복 입은 두 사람이 출구에 나타났다. 라라는 잽싸게 뛰어나갔지만, 라라의 개 목걸이는 내 입에 있었다.

"당신이 졌어요, 비스코비츠."

라라는 형사들에게 도움을 청하러 뛰어가며 말했다.

어쩜 저렇게 순진할 수 있을까?

개 포획 직원이었던 두 사람은 굴레를 씌워 라라를 꼼짝 못하게 하고는 트럭으로 끌고 갔다.

"뭐 하는 거예요? 멈춰요! 나는 라라예요. 마약수사국의 라라 형사라고요. 알아보세요, 라라 형사라고요!"

예쁜 개 목걸이와 메달도 없이 그렇게 땀에 흠뻑 젖어 길길이 뛰는 그녀의 모습은 진짜 미친개나 다름없었다.

이제 나는 다시는 그녀를 보지 못할 것이다.

나는 잠시 그 자리에 남아서 인생의 무상함을 생각했다. 컹컹 짖고 싶었지만 참았다. 왜냐하면 그곳은 차이나타운이었으니까. 가루를 조금 들이마시자 기분이 한결 나아졌다. 잠이 오지 않아서 불탑 쪽으로 걸어갔다.

마음의 안정을 찾았구나, 비스코비츠

차이나타운은 깨어나며 새로운 날을 맞고 있었다. 인도에서는 노인들과 젊은이들이 태극 체조를 하고 있었다. 공기에 생강과 양파 냄새가 감돌았고 멀리서 색소폰 소리가 들렸다. 각자 분주히 생존의 숨 가쁜 의식으로 무상의 신비, 위대한 환상, 브라만의 꿈을 이루고, 시바의 춤을 추고, 우주의 영원한 시상곡을 연주하러 돌아가고 있었다.

수도원의 개들은 호흡 훈련을 시작했다. 나는 뒷다리를 교차해 연꽃 자세를 취했다. 에너지를 다시 얻고 그 에너지를 상부의 중심, 차크라로 흐르게 하기 위해 물라다라*에 집중했다. 모든 더러운 것으로부터 내 정신을 해방하고 선과 악, 쾌락과 고통을 넘어 구원의 장소로 여행을 떠나기 위해 필요했다. 고동치는 심장으로, 밝은 지혜의 눈으로, 위대한 평안, 위대한 평안으로……

---

* 근본, 토대를 의미하는 mula와 지지대, 기둥을 의미하는 adhara의 합성어로, 다른 모든 차크라의 근본이며 차크라의 달성을 돕는 역할을 한다.

어쩜 그 모양이니, 비스코비츠

"리우바, 왜 나를 사랑하지 않는 거야?"

"너는 벌레이고, 겁쟁이고, 척추도 없고, 간도 없으니까."

"그리고 또?"

"어리석고, 머리도 없고, 개성도 없고, 감수성도 없으니까."

"그리고 또?"

"사랑할 줄 모르고 심장이 없으니까."

"그리고 또?"

"페니스가 작으니까."

"또 다른 건 없어?"

"있어, 비스코. 너는 나에 대한 배려도 없고, 이기주의자에다가 나한테 빌붙어 사는 기생충이야. 이익이 되는 일은 하지 않잖아. 나를 바싹바싹 마르게 하고, 계속 화나게 만들어. 언제쯤 날 괴롭히는 짓을 그만둘래?"

나는 역겨워서 몸서리를 치며 이쪽저쪽 온몸으로 그녀를 흔들었다.

나는 분을 삭이려고 빨판을 이용해 그녀의 창자 점액에 찰싹
달라붙어 피를 빨고 입가를 씻었다. 그러고 나서 다시 물었다.

"그럼 내 단점은 뭔데?"

피는 못 속이는 거야, 비스코비츠

"아빠, 어렸을 땐 어땠어요?"

"어린 시절은 상어로서 내 인생의 황금기였단다, 주니어. 네 할머니는 훌륭한 물고기였어. 나를 먹여 살릴 줄 알았으니까. 자연히 할머니를 먹어 치우는 데 시간이 좀 걸렸지. 나는 너무나 어렸고, 아직 배 속에 있었으니까. 안에서부터 시작했단다. 피가 많은 기관 사이를 헤집고 다녔지. 그래서 네 할머니를 안다고 말할 수가 없단다. 하지만 내 기억에 그분의 심장은 훌륭했지."

"외아들이었어요?"

"아니, 분만할 때 형제가 둘 있었단다. 나를 '비스코'라고 부르며 질책했어. '이제 누가 우리를 교육하겠니?' 하고 말이야. 그때는 형제들을 먹어 치울 수가 없었어. 나중에 배가 고플 때 내가 형제들을 교육했지."

"외로움을 느껴 본 적 없어요?"

　"글쎄, 어느 순간 공허함을 느끼기는 했단다. 하지만 삼촌, 사촌, 할아버지, 할머니 들이 공허감을 채워 줬지. 난 내 피 속에서 가족을 느낀단다, 주니어. 친구들도 내가 살아가는 데 도움을 주었지. 사춘기까지는 모든 일이 순조롭게 흘러갔다고 말할 수 있어. 이윽고 내겐 첫 번째 빨판상어가 생겼단다."

　"어떤 유형이었는데요?"

　"고약했어. 아직도 그 이름을 기억한다. 주코틱이었지."

　"골칫덩어리였나요?"

　"음, 그랬어. 그 녀석들이 어떤지 알 거다. 그들은 공생 관계라고 얘기하지만 사실 기생충들이야. 지느러미 흡반으로 네 배에 딱 달라붙어서 떨어지지 않는단다. 하지만 가장 나쁜 것은 그 녀석들의 위선이야. 녀석들은 네 입을 비판하고, 죄책감을 잔뜩 심어 주지. 다랑어와 청어 들의 개인적인 얘기를 해 줘서, 그것들을 먹을 때 입맛이 떨어지게 만들거든. 그래야 그들에게 더 많은 찌꺼기가 남을 테니까. 상어보다 더 큰 빨판상어들도 봤단다, 아들아."

　"그것들을 떼어 달라고 누구한테 부탁할 수는 없었나요?"

　"있었지. 하지만 그 시기엔 친구들이 많지 않았어. 결국 주코틱이 내 유일한 친구였지. 경험 많은 빨판상어는 어린 너를 붙들고 자기가 유용한 존재라고 설득할 수도 있단다. 하지만 배 아래서 페트로빅과 로페즈까지 발견하니 행동할 시점이 왔다는 걸 알겠더구나. 나는 나를 도와줄 수 있는 상어를 찾기 시작했어. 호의에 보답하고 싶어 하는 상어를 말이야. 그러다 네 엄마,

리우바를 알게 됐지."

"엄마한테 빨판상어가 많이 붙어 있었나 보죠?"

"지느러미만 간신히 보일 정도로 많았지. 농담이고, 적지는 않았단다. 가슴은 가오리처럼 넓고, 꼬리는 해초처럼 유연했어. 나선형 꼬리 육경(肉莖)은 볼만했지. 그런데 눈이 특히 매력적 이었어. 희미한 빛에 붉게 반짝이는 눈은 독이 올라 사악했지."

"금방 마음이 통했나요?"

"음, 첫 접촉은 힘들었단다. 더군다나 빨판상어들은 바보가 아니거든. 녀석들은 위험을 감지했는지 막무가내로 살갗을 물 어뜯으려고 달려들었단다. 하지만 천천히 내 기생충들과 그쪽 기생충들 사이에 호감이 생겼어. 이윽고 애정으로 발전했지. 어 느 순간 내 빨판상어들은 엄마의 빨판상어들과 친하게 지내며 서로 지느러미를 문질러 주고 눈도 마주치곤 했어."

"어쩔 수 없었겠네요…… 결국……."

"엄마의 빨판상어들은 특히 성기에 몰려 있었거든."

"그래서 떼어 내지 못했어요?"

"그래, 그런데 엄마가 원하지 않았단다. 임신할까 봐 두려워 했거든."

"그렇군요, 다른 상어들처럼요."

"어쨌든 어느 순간 난 주저했던 마음을 바꾸고 네 어미의 빨 판상어들을 먹어 치웠어. 엄마도 감사에 보답했지. 그러고 나서 위대한 사랑이 생겨났단다. 장애물에서 모두 벗어나자 우리 열 정은 더 뜨거워졌다, 주니어. 다른 상어의 육질을 씹으면서 사

피는 못 속이는 거야, 비스코비츠

랑을 나눴지. 다른 고기를 씹어야만 서로 잡아먹는 걸 피할 수 있지 않겠니? 바다에서 우리는 스캔들과 살육, 사랑과 죽음, 관능과 애도를 일으키고 다녔지. 자연히 우리 몸에 상처가 생기지 않을 수 없었단다. 그러던 어느 날 그녀의 피가 그녀의 호르몬보다 강하게 흘러나왔어. 그 순간 난 그녀를 삼키고 말았단다. 그녀의 살을 뜯어 먹는데 네 작은 머리가 나오는 게 보였다. 그 깊은 바다 속에서 말이다! 애정이 샘솟더구나. 네 등지느러미는 일반 상어보다 더 작았어. 너무 빨리 세상에 나왔거든. 주니어, 넌 장애아로 세상에 나온 거란다."

"하지만 난 장애아가 아니에요, 아빠."

"네겐 장애가 있어. 모두 내 잘못이다. 아빠가 엄마를 뜯어 먹는 모습을 어린 네가 봤으니 좋을 리 없었겠지. 오, 하느님, 모두 내 탓이다, 두렵구나……. 결국 너 같은 애를 만들어 놨으니. 심술도 없고 피 맛도 모르고 자라잖니. 지난번에 네가 대구와 노는 걸 봤단다. 왜 녀석을 죽이지 않았니?"

"녀석이 귀여웠어요, 아빠."

"봐라……."

"앞으론 나쁜 짓 하지 않고 살아갈 방법이 있을 거예요."

"그래, 나한테 빌붙어 사는 방법이 있긴 하지. 악질 빨판상어처럼 말이다! 빌어먹을, 나쁜 짓보다 착한 짓을 더 많이 한다고 좋을 게 없다는 걸 이미 얘기했잖니. 여기서 유일하게 통하는 법은 우리의 법, 이빨의 법이야. 이 빌어먹을 바다를 돌아가게 하는 건 바로 우리들이다, 알겠니? 약자가 먹히지 않고 바다에서 살 수 있다면 무슨 일이 생길지 상상해 보렴."

"모두들 더 편하게 헤엄칠 거고, 서로 존경하는 마음을 배우겠죠."

"존경은 네가 얻는 거다, 얘야. 심지어는 청어한테서도 말이다. 그들은 우리가 자기들을 죽일 수 있다는 걸 안다. 그래서 우리를 존경하는 거야."

"하지만……."

"누구도 너를 존경하지 않는다, 주니어. 주변을 보려무나. 다랑어와 농어 들이 너를 비웃잖니. 넌 빨판상어처럼 말하고 빨판상어처럼 행동한다. 항상 내 지느러미 옆에 바싹 붙어 있지 않니. 넌 기생충이 되어 가고 있어, 빌어먹을! 언젠가 암컷 한 마리가 내게 물었단다. '녀석을 떼어 버리고 싶으세요?' 하고 말이다. 내가 어떤 심정이었겠니? 그 암컷의 아들은 네 또래고, 벌써 유모 대여섯을 먹어 치웠다더구나, 알겠니? 이대로 계속 갈 수는 없어. 우리 이름이 비스코비츠가 아니라면 말이다."

"나는 다른 데 흥미가 있어요, 아빠."

"그래, 물고기들과 해마들과 놀기나 하는 게 좋겠지. 규조류를 수집하고. 내 말 잘 들어라. 오늘 저녁 식사 때 라라와 그 아이들이 올 거다. 지난번 해마 사건이나 어제저녁 그 어부들 사건처럼 나를 화나게 하지 마라."

"왜요, 내가 어쨌는데요?"

"너는 이빨이 300개도 넘어, 주니어. 멍청하게 웃으라고 그 이빨들을 준 게 아니다. 다시 한번 한 가지 얘기를 들려주마. 상

피는 못 속이는 거야, 비스코비츠

어 한 마리가 옆자리 상어에게 찡그린 얼굴로 물었단다. '실례합니다만 그 조난자를 내게 주시겠습니까?' 상어는 조난자를 붙들고 물어뜯고, 사지를 절단 내고 갈기갈기 찢어 놨단다. 옆자리 상어들의 입에서 음식을 낚아채기도 하고, 심지어 그 녀석들을 물어뜯기까지 했어, 알겠니?"

"식사 친구인데요?"

"당연하지. 예를 들어 오늘 저녁 아이 하나를 뜯어 먹어야 착한 애인 거다."

"하지만 초대받은 손님인걸요!"

"그래, 바보야. 손님은 늘 저녁 식사에 대한 보답으로 식탁에 도움이 될 뭔가를 가져오는 거다. 그게 예의야. 자, 저기 왔구나, 부탁이다, 예의범절을 지키렴. 안녕, 라라! 안녕, 애들아!"

"안녕, 비스코. 이 애가 아들인가요, 그래요? 훌륭하군요, 훌륭해⋯⋯. 우와! 내게 말했던 그 다랑어들인가요? 어머, 비스코, 은빛 다랑어들이네요. 저 귀한 걸!"

"그렇소, 라라. 자, 애들아, 다랑어들이 도망가지 못하게 하자꾸나!"

냠냠. 쩝쩝. 냠냠. 쩝쩝.

"맛있는 저녁 식사 고마워, 주니어. 네 아빠는 참 맛있었어."

"너희 엄마도 나쁘지 않던걸. 잘 자, 애들아."

넌 정말 못생긴 밀랍 인형이야, 비스코비츠!

유충일 때부터 나는 다소 매력적이었다.

"훌륭한 수벌이 될 거야."

유모들이 되풀이해서 말하곤 했다.

"이 애가 만일 습작품이라면 완성품이 어떨지 상상이 돼."

벌집 전체에서 나의 변신은 세속의 중요한 사건, 큰 흥행거리였다. 내 더듬이가 꼬리에서 나오자마자 모두들 걸작이라고 소리쳤다. 모두들 이구동성으로 '화려한 빛깔, 완벽하게 균형 잡힌 몸매, 조각같이 세련된 외모'라고 평가했다. 간혹 다른 해석이 나오기도 했다.

"저 작은 수벌이 얼마나 바람을 타겠어! 복부가 홀쭉하고 털에서 향기가 나는 벌은 혼인 비행에서 이기지 못해. 머리와 날개로 번식의 성공을 이루어 내는 거야."

일부가 말했다.

"글쎄……. 하지만 우리 사회는 모계 사회야. 천재가 아니더

라도, 또 번개 같은 날개가 없더라도 저 엉덩이 정도면 충분히
해낼 수 있어.”

또 다른 일부가 반박했다.

여왕벌이 그 쓸데없는 입씨름에 종지부를 찍고자 했다. 중요
한 건 여왕벌의 생각이었다. 여왕은 신선하고 용기 있는 선택을
했다. 비스코비츠를 선택한 것이다.

하지만 전통의 일부를 따라야 했다. 그래서 혼인 비행 첫날,
여왕벌은 수벌들의 벌집에 와서 말했다.

“여러분 앞에 보이는 벌은 양귀비 라라 주케로사입니다. 신의
뜻으로 수벌 여러분의 기쁨이 될 여러분의 여왕벌이자 군주죠.
내일 성스러운 혼인 비행이 있을 겁니다. 출발은 평소처럼 털가
시나무 그림자 끝에서, 태양이 벌집과 60도의 각을 이룰 때 합
니다. 길을 막거나 상대방을 찌르거나 부당 출발을 하는 벌은
자격을 박탈당하고 죽을 겁니다. 그리고 우리 법에 따라⋯⋯.”

여왕벌은 우리들의 눈을 훑어보며 말했다.

“시험에서 이긴 승자가 나와 영광을 함께 나눌 겁니다. 가장
훌륭한 꿀벌, 가장 우수한 꿀벌이 승리할 겁니다.”

자신 있게 말하는데 여왕은 그 말을 하면서 페트로빅이나 로
페즈를 염두에 두지 않았다. 사실 출발하고 수벌들이 날아간 뒤
나는 불탄 떡갈나무 아래로 가기로 이미 비밀리에 약속이 되어
있었다.

내일을 위해 나는 충분히 잤다. 다음 날, 나는 말벌처럼 혈기
왕성한 몸으로 가뿐히 일어나서는 꿀 2인분을 먹어 치우고 털

을 매만지고 날개를 정리한 다음 다른 참가자들처럼 출발선으로 갔다. 몸을 조금 데우고 스트레칭을 약간 하고 나서 이륙 준비를 했다. 생각하기 나름이겠지만 혼인 비행 날은 항상 큰 축제 날이다. 페트로빅에게 열성적인 응원이 쏟아졌다. 왜냐하면 페트로빅은 우승 후보여서 모두들 녀석에게 내기를 걸었기 때문이다. 녀석이 흥분제인 로즈메리를 씹으면서 초조하게 날개를 퍼덕였다. 출발선에서 녀석은 미친 듯이 급상승을 했고 곧 선두에 섰다. 우리 모두는 페트로빅을 따라 날아갔다. 그는 90도로 구부러진 다음 곡선에서 급상승을 했고, 한쪽으로 몸을 기울이더니 지그재그로 날아가며 다른 수벌들의 진로를 방해했다. 침 때문에 다른 벌의 진로를 방해하는 것은 너무나 위험했다. 규칙은? 번드르르한 말일 뿐이다. 윙윙대는 소리, 고함, 욕설이 난무했다. 이만하면 욕도 충분히 먹었다 싶어, 벌집에서 멀리 떨어지자마자 나는 무리에서 빠져나와 떡갈나무까지 가볍게 하강한 다음 양귀비꽃에 내려앉았다.

나는 여왕벌을 많이 기다리게 하지 않았다.

"아, 나의 영웅. 당신의 영광을 나와 함께 나눠요!"

그녀가 숨을 헐떡이며 말했다.

나, 비스코비츠가 영광을 차지했다.

잠시 뒤 여왕이 말했다.

"아, 나의 용장, 당신의 모든 게 좋아요. 당신 더듬이, 당신 아래턱, 당신 침……. 정말 아름다운 것은 당신 얼굴과 이름이에요! 전통에 따르면 지금쯤 당신을 거세하고 죽여야 한다는 걸

넌 정말 못생긴 밀랍 인형이야, 비스코비츠!

알아요. 하지만 이번에는 고결한 예외를 만들 거예요. 아니, 나와 궁전에 가서 함께 살자고 부탁할래요. 당신 몸, 당신 냄새 없이는 살 수 없을 것 같아요……."

"우리는 서로 통하는 것 같군요. 나도 당신이 필요합니다."

그날 저녁 나는 왕궁 벌집으로 이사했다. 다른 수벌들은 추방되어 죽었다. 그들을 위해 내가 할 수 있는 일은 아무것도 없었다.

왕의 생활은 내가 상상했던 것보다 나쁘지 않았다. 우리의 신혼은 달콤했다. 아침에 늦게 일어나서 로열젤리와 귀한 꽃가루로 아침 식사를 했다. 그사이 일벌들은 나의 털을 매만지고 날개를 펴 주었다. 나는 곧 아버지가 되었다. 내 염색체는 하루에 5000개씩 복사되어 대량 생산되었다.

하지만 만사가 장밋빛은 아니었다. 어느 날 벌집으로 돌아와 보니 라라가 왕좌 앞에 옹크리고 앉아 울고 있었다.

"유충들 말이에요, 비스코. 매일 새로운 이름 5000개를 생각해 내야 해요. 적어도 당신이 나를 좀 도와줄 수 있잖아요."

"모두 비스코비츠라고 불러요. 나쁜 이름이 아니잖아. 그러면 우리가 함께 있을 시간이 더 많아질 거야, 나의 귀여운 별."

"성스러운 벌집이라고요! 어쩜 당신은 그렇게 어리석을 수 있어요? 당신은 당신 털만 생각한다는 거 알아요? 당장 그 털들을 감춰요, 젠장! 그리고 벌집을 돌아다닐 때 그렇게 날개를 벌리지 마요. 일벌들도 여자라고요! 이 안에서 일벌들은 더 이상 일하지 않아요. 꿀과 화분을 모으는 일벌들은 꿀과 화분을 모으지 않고, 꿀을 만드는 일벌들은 꿀을 만들지 않는다고요……."

여왕이 벌컥 화를 내며 말했다.

"저 말이야, 아름다운 것을 감상하는 기쁨이 몇몇 선택된 자들의 특권인 것은 부당해요."

나는 감히 한마디 했다.

"그만! 꺼져요!"

나는 떠나야 할 때가 왔다는 걸 알았다. 무엇보다 나는 일부일처제를 고수할 뜻이 없었다. 이 꽃 저 꽃 돌아다니며 암술에 수술을 붙이는 것이 천성이니까 말이다. 나는 아름다운 것을 가꾸고 퍼뜨리는 것이 내 타고난 의무라고 늘 생각해 왔다. 그 생각으로 나는 늘 햇볕에 타고 향기를 내뿜으며 소위 예술가, 예술 작품 보급자가 되려고 노력했다.

내 이미지를 향상하는 일은 생각보다 더 쉬웠다. 궁녀들은 여왕들과 나의 만남을 주선했다. 날이 갈수록 내 유전자는 새 버전으로 바뀌었고, 표본을 수백만 개 만들어 냈다. 신격화되기까지 했다.

하지만 여왕들은 역할을 나누는 데 익숙하지 않았다. 일벌들도 자신들의 몫을 요구하기 시작했다. 외교 마찰과 사회 긴장이 생겨났다. 벌집과 벌집 사이에, 계급과 계급 사이에 몇몇 전쟁이 일어나기까지 했다. 내 삶은 지옥으로 바뀌었다.

그래서 나는 끝을 내기로 결심했다. 나를 추하게 만들기로. 외로운 육지 벌들의 지하 갱도까지 도망가서 리우바의 둥지를 찾기 시작했다. 리우바는 밀랍 성형술로 유명했다. 송진과 몸에

넌 정말 못생긴 밀랍 인형이야, 비스코비츠!

서 나온 유분으로 물이 스며들지 않게 하고 안에 비단을 댄 우아한 접견실로 나는 안내되었다. 방이 환해지면서…… 그녀의 모습이 보였는데, 그녀는 나와 같은 재앙을 안고 있었다. 너무나 아름다웠던 것이다. 내 몸의 털처럼 '선명한 빛깔'을 띠었고, 내 입처럼 '우아한 곡선'을 이루었으며, 내 폭신폭신한 몸처럼 '유연한 몸매'를 지니고 있었다. 한마디로 그 어떤 벌도 가질 수 없는 것, 즉 개성을 소유하고 있었다. 큰 꿀통과 잔뜩 비축해 놓은 밀랍에도 불구하고 결정적으로 여성답고 섹시했다.

"아, 하느님!"

그녀는 나를 보자 말을 더듬거렸다.

"당신에 대한 소문은 들었지만 사실 믿지 않았는데…… 어쩜 그렇게 완벽하게 아름다운 균형을 이룰 수가 있죠, 이제껏 보지 못한 선의 효과예요……."

그녀는 순간적인 강렬한 감정에 당황했다.

"허, 솔직히 나도 같은 생각입니다……."

나는 어린 유충처럼 흥분했다.

젠장, 나는 마음속으로 말했다. 진정 나를 이해해 주고 내 아름다움을 감상할 줄 아는 꿀벌을 처음 만났는데, 하필 그녀에게 나를 추하게 해 달라고 부탁해야 하다니! 나는 내가 그녀를 찾아온 이유를 설명하려고 애썼다.

"아아."

그녀가 안타까운 신음을 뱉었다.

"그런 이상한 말 하지 말아요! 난 절대 그럴 수 없어요…….

내가 곤충 몸에 작업할 때는 바로 당신과 비슷한 외모를 만들어 내기 위해서예요. 완벽해 보이는데, 나한테 그런 요구를 하다니……."

그녀의 겹눈 속 홑눈 하나하나에 내 영상 수천 개가 비쳤고, 내 겹눈에 그녀의 영상 수천 개가 비쳤다. 그녀 각각의 영상은 내 영상 수천 개를 반사했고, 내 영상 수천 개는 그녀의 영상 수천 개를 비추면서 우리는 만족을 넘어서 시선이 서로 얽히는 황홀경을 맛보았다.

"함께 도망가요, 비스코. 세상은 우리의 벌집이 될 거고, 삶은 우리의 과즙이 될 거예요……."

"안 됩니다, 리우바. 늘 똑같은 얘기가 반복될 거예요. 세상이 얼마나 잔인한지 난 알아요. 우리는 아름다움과 삶, 둘 중 하나를 택해야 해요."

"지금은 안 돼요. 하룻밤 동안 아름다움과 삶의 화합을 우리 축하해요……."

그녀가 속삭였다.

"하지만 리우바…… 불행한 운명에 처할 또 다른 생명들을 이 세상에 낳을 수는 없어요. 우리 같은 부모를 둔 아이들의 특성은……."

"두고 봐요, 밀랍이 기적을 만들어 낼 테니까."

다음 날 그녀는 내게 그것을 보여 주었다. 삶이 우리에게 가면을 씌워 줬지만 우리는 변함없는 영원한 사랑을 맹세했다. 그러고 나서 그녀는 어느 다른 곤충도 내게 접근할 마음을 먹지

넌 정말 못생긴 밀랍 인형이야, 비스코비츠!

못할 정도로 나를 추하게 만들면서 그녀의 애틋한 사랑을 보여 주었다. 밀랍을 덧입혀서 내 머리를 정말 불길한 장식물로, 내 몸을 '멍텅구리 엉망진창 괴물'로 변신시켰다. 그렇게 해서 나는 마침내 괴롭힘을 당하지 않고 마음껏 들녘을 날아다니고 삶의 단순한 기쁨, 즉 사랑, 일, 가족이 주는 기쁨을 다시 맛볼 수 있었다.

리우바는 봄에 산란을 했다. 나는 그녀가 부화실들을 돌아다니며 먹이를 주고, 천적과 기생충의 위협으로부터 알들을 지키도록 도와주었다. 삶은 평안했지만 밀랍 생각이 계속 나를 괴롭혔다. 분명 어린 자식들한테도 밀랍을 씌워 줘야 할 텐데. 그렇지 않으면 누가 언제 어떻게 채 갈지 모를 일이었다. 얼마간은 효과가 있을 것이다. 하지만 뜨거운 여름이 우리 가면을 벗긴다면 무슨 일이 일어날까? 벌써 4월인데…….

어느 날 저녁, 땅굴로 돌아왔는데 애벌레 하나가 와서 알렸다.

"태어났어요, 당신을 쏙 빼닮았어요."

"나를?"

애벌레는 내 머리 기관을 가리키며 말했다. 내 이 모습은 아니겠지 하고 나는 생각했다. 혹시 리우바를 닮았나. 나는 방으로 내려가 확인했다. 애벌레 말이 맞았다. 번데기 단계를 끝내고 있었기 때문에 분명 밀랍을 칠하지는 않았다. 나와, 내가 입고 있는 가면과 모습이 비슷했다. 털이 없고, 피부색도 탁하고 흉측했다!

"리우바! 도대체 어떻게 된 거야? 이 괴물들의 아버지가 누구야?"

내가 소리쳤다.

"맹세코 당신이에요, 비스코."

리우바가 대답했다. 눈물이 얼굴로 흘러내리면서 밀랍을 칠한 얼굴 윤곽이 일그러졌고 벼룩처럼 끔찍한 더듬이가 드러났다. 어린 새끼들의 더듬이보다 훨씬 더 끔찍했다. 기절할 것 같았다.

"용서해 줘요, 비스코. 하지만 당신에게 사실을 얘기할 용기가 없었어요……. 그런 눈으로 보지 마요. 중요한 것은 아름다움을 창조할 줄 안다는 거예요. 서로 사랑을 맹세했잖아요. 우리가 어떤 변장을 하고 있더라도 말이에요. 우리 중 누가 더 고통스러울까요? 추한 내 모습을 상상만 해야 하는 당신일까요, 아니면 매일 추한 당신 모습을 봐야 하는 나일까요? 모든 일이 정리될 거예요. 아이들도 괜찮을 거예요. 약간…… 스타일을 통일할 필요는 있겠지만 말이에요."

내 앞에서 그녀는 아이들에게 밀랍을 마구 입히기 시작했다. 채 삼십 분도 되지 않아 그녀는 아이들을 사랑스럽고 품위 있게 만들어 놓았다. 토실토실하고 순진무구하게 생긴 인형 같은 아이 둘, 사랑스럽고 매력적인 오동통한 아이들, 어느 부모든 갖고 싶고 보고 싶어 할 아이들로 변신시켰다. 꿈을 꾸는 것 같았다.

"이제 아이들을 울리거나 밀랍이 녹게 해서는 안 돼요. 그 못

넌 정말 못생긴 밀랍 인형이야, 비스코비츠!

생긴 밀랍 얼굴 저리 치워요. 아이들이 놀랄 수 있어요."

리우바가 경고했다.

내가 뭘 할 수 있을까? 수컷과 암컷 한 마리씩이었다. 주니어와 세르바라고 각각 이름 붙였다.

나는 아무 일도 없었다고 애써 나 자신을 설득했다. 결국 그녀는 어떤 다른 벌보다도 나를 행복하게 해 줄 수 있는 벌이었다. 그게 중요한 현실이었다. 하지만 밀랍이 녹으면 무슨 일이 벌어질까? 감히 상상하기조차 싫었다. 나 같은 아버지를 두었는데도 아이들이 그렇게 못생겼다면 도대체 그녀는 어떻게 생긴 걸까? ……벌써 5월이었다.

어느 날 벌집으로 돌아오는 길에 나는 잠시 멈추고 재미 삼아 혼인 비행을 구경했다. 출발선에 여왕벌 여섯이 있었다. 나는 잠시 향수에 젖었다. 나는 역광으로 자리를 잡고서 볼일을 마치기 위해 꽃가루를 채취했다. 그때 뭔가 이상한 낌새가 느껴졌다.

시끄럽던 소리가 뚝 그치고, 겹눈이건 아니건 모든 벌의 눈길이 나한테 쏟아졌다.

'젠장! 햇빛이야. 밀랍이 녹고 있어.'

나는 날개를 부르르 휘두르며 날아올랐지만 여왕벌, 여왕벌 여섯 마리가 나한테 일제히 달려들었다. 그들은 나의 다리, 털, 더듬이를 잡아당기기 시작했다.

"항복! 잡아당기지 마요!"

나는 소리쳤다. 여왕벌들은 깜짝 놀라 갑자기 동작을 멈췄다.

"밀랍이잖아! ……온몸에 밀랍을 입혔어!"

여왕벌들은 빳빳한 털로 나를 깨끗이 씻기고는 화난 표정으로 바라보았다.

"어쩜 너무 뻔해! 정말 흥미로운 외모였는데 말이야……. 그런데 지금은 다른 수벌들처럼 멍청해 보여!"

다른 수벌들? 다른 수벌들을 바라보자 그 말이 이해가 됐다. 털은 제자리에 나 있었고, 생김새 하나하나가 평범하지 않았다. 모두 내 아들들이었다. 자연히 나를 쏙 빼닮았다. 난 모든 새로운 세대의 아버지, 모든 천한 족속의 아버지였다. 일개미들도 내 특징을 닮은 모습이었다. 이제는 평범하기 짝이 없는 외모였던 것이다.

"이 사기꾼을 당장 쫓아 버려라!"

나는 발길질과 모욕을 당하며 쫓겨났다.

리우바는 꽃에 앉아 경멸스러운 눈길로 나를 바라보고 있었다. 햇볕이 그녀의 밀랍을 녹이면서 괴물 같은 몸과 얼굴이 드러났다. 모두들 그녀를 이구동성으로 칭찬해 마지않으리라는 걸 알고 난 전율을 느꼈다. "화려한 빛깔, 완벽하게 균형 잡힌 몸매, 조각같이 세련된……"

넌 정말 못생긴 밀랍 인형이야, 비스코비츠!

한잔하지, 비스코비츠

"아빠, 그만 마시고 싶어요."

"바보 같은 소리 하지 마, 비스코, 넌 해면동물*이야."

"무슨 뜻이죠? 평생 이 암초에 붙어서 물을 거르고 소용돌이를 일으켜야 하나요, 식물처럼요?"

"넌 식물이야, 비스코. 어쨌든 식충류란다. 여러 소리 하지마라……."

난 절망했다. 떠돌이 삶을 택해 이상을 실현하려는 내 모든 시도는 실패했다. 아, 내가 사랑하는 목욕해면, 그녀에게 내 몸을 밀고 갈 근육이 있어 그녀와 한 몸으로 화합할 수 있다면! 아, 그녀를 볼 수 있는 눈이 있고, 사랑한다고 말할 수 있는 입이 있다면!

조류가 내게 전해 준 질소를 머금은 향기로 나는 내 아름다운

* 무성 생식도 하지만 대개는 유성 생식을 한다. 한 개체에서 나온 정자가 물길을 따라 움직이다가 다른 개체의 난자와 수정된다.

그녀를 인식했다. 그 떠도는 입자에 나는 형태와 구멍과 이름을 주었다. 그녀는 리우바였다.

우리의 사랑 이야기를 실현할 유일한 방법은 그녀 몸에 정자를 닿게 하는 것이었다. 하지만 조류는 정자를 반대 방향으로, 엄마와 누이들과 할머니가 있는 쪽으로 싣고 가면서 갖가지 유형의 콩가루 집안, 유전학적 혼합을 일으켰다. 자웅 동체인 우리 해면들이 겪어야 하는 주기적인 성전환 때문에 상황은 점점 더 모호해졌다. 내 아버지가 할머니의 아내이며, 아버지의 딸, 즉 내 누이가 아버지의 할아버지이고, 아버지의 할머니가 그의 형제, 즉 내 삼촌이라는 사실이 나한테는 쉽게 납득이 되지 않았다. 몸들이 서로 얽히고설키는 통에 그 관계는 점점 더 이상해졌다. 친족 관계가 어디서 시작되고 끝나는지 이해하기 어려웠다. 몸 안으로 들어온 어머니나 근친상간한 누이들 그리고 양성애자인 아버지와 함께 편모충의 방인 맹낭들을 공유하는 마당에 건전한 개성을 발전시키기는 쉽지 않았다. 정체성을 확립할 수 있는 유일한 해부학적 특징은 가스 구멍과 입 구멍이었다.

식물의 극적 사실은 자살이 불가능하다는 거였다. 해면동물의 이익은 슬픔을 잊을 수 있다는 거였다.

나는 무슨 일이든 터지기를 기도했다. 지진이나 생태계 파괴, 오징어가 나를 도와준다든가 하는 어떠한 일이라도 말이다. 마침내 무언가 변했다. 조류였다. 방향을 바꾸어서 마침내 내가 사랑하는 목욕해면과 화합할 수 있는 상태로 만들어 가는 게 아닌가! 아! 나는 가슴이 벅차고 뭉클했다. 곧 소구에서 내 정자를 만들어 목표물에 조준하자고 생각했다.

하지만 정자를 찾지 못했다.

"아빠, 씨가 말랐어요!"

난 소리쳤다.

"씨가 마른 게 아니다, 비스코. 넌 암컷이야, 나처럼 말이다."

기절할 것 같았다. 어쩜 이렇게 운이 없는 걸까? 암컷이라니. 한편 리우바는 수컷이 되었다. 더군다나 내가 조류 반대 방향에 있던 탓에, 리우바가 사정한 정자가 내 몸에 와 닿을 수 없었다!

이런 재앙에 조롱까지 더해졌다. 엄마, 누이, 할머니의 정자가 내 몸에 달라붙기 시작했다……

"제기랄, 제기랄!"

나는 욕설을 퍼부었다.

내 딸도 나를 임신시켰다.

난 나 자신의 시어머니였다. 제기랄, 나 자신의 시어머니라니!

하지만 잘된 일인지도 모른다고 한숨을 내쉬었다. 그래야 내 몸 안에 있는 며느리를 미워하지 않을지 모르니까. 그래야 내 불행이 결국 내게 행복을 안겨 줄지 모르니까.

너를 사납게 만드는 것들이야, 비스코비츠

거대한 분화구, 창조의 요람, 거대한 구멍 '응고롱고로 자연 보호 구역'에 무엇이 남았을까? 하고 나는 생각했다. 내 주변엔 자연주의 쇼 사업 때문에 부패한 은막의 세계만이 보였다. 털을 보여 주고, 자신에 대해 말해 주는 것만이 중요했다. 그러다가 소위 성공이란 걸 이루면? 위대한 고양잇과를 다룬 시리즈물의 주인공들 사이에 내가 낀 날로부터 나는 영화 제작자, 동물학자, 동물 애호가 들이 따라다니는 공원의 스타가 되었다. 이제 더는 참을 수 없었다. 우아한 맹수들과 천한 반추 동물들의 행렬을 더 이상 참을 수 없었다. 오버랩되고 건너뛰는 화면에 하이에나들이 짖는 소리를 더는 들을 수 없었다. 내겐 휴가가 필요했다.

어린 톰슨가젤 암컷 한 마리를 만났다. 사진이 잘 받고, 우아하고, 어깨 높이가 60센티미터를 넘지 않았다. 반질반질한 털은 내가 아는 젊은 암컷 스타들의 시샘을 사기에 충분했다. 하지만 그녀는 자연스럽게 움직였다. 영혼 없는 롤리타 같지는 않았다. 내가 사자 비스코비츠가 맞는지 의문이 들었다. 부정해도 소용없다. 나는 사자다.

"제발, 나를 잡아먹어 줘."

"준비야 할 수 있지. 하지만 먼저 오디션을 받아야 할 거야."

나는 한숨을 내쉬며 말했다.

"내 말 못 알아들었구나. 난 심각한데. 이것 보이지? 전파 목걸이야. 이 흉터 보이지? 마취 총알 자국이야. 그리고 귀 안의 이 명찰 보이지? 젠장, 내게 더 이상 평안은 없어!"

연기가 아니었다. 그녀는 정말 불행했다.

"네 말 이해해. 하지만 네가 도움을 청할 데는 내가 아니야."

"나는 아주 연해. 늘 새싹만 뜯어 먹거든."

"의심하지 않아. 하지만 네가 본 것은 다큐멘터리야. 꿈도 꾸지 마, 내가……."

"저 썩은 고기를 먹는 동물들은 뭐 하는 거지? 저기서 내 고기 찌꺼기를 기다리는 건가?"

"아, 아니야. 하이에나는 주코틱이야. 자기가 내 영화 파트너라고 생각해. 승냥이와 들개인 페트로빅과 로페즈 두 녀석은 엑스트라고. 저 녀석들은 늘 저런 표정을 짓고 있어."

나는 웃으며 말했다.

"저쪽에 가면 진짜 야수로 대접받을 텐데……."

그녀가 조바심하며 매매거렸다.

"'응고롱고로'에서는 아니지. 여기 육식 동물 사이에선 채식

주의가 유행이야. 생고기를 뜯는 척할 뿐이지. 누군가 클로즈업으로 일을 망쳐 놓지만 않으면 말이야. 그 경우엔 어린 양도 이빨을 사용할 수 있을 거야. 하지만 분화구 밖 세렝게티에서는 상황이 달라서 옛 시절과 비슷하다고 들었어. 저 아래로 한번 가 봐."

나는 갈기를 흔들며 만두시 쪽을 가리켰다.

"하지만 내 말 잘 들어. 너는 저쪽 생활이 더 행복할지도 몰라."

"저 아래?"

그녀는 한숨을 쉬며 주둥이를 돌렸다.

"그래, 호수 너머에 산꼭대기로 올라가는 길이 있어. 세네토에 도착하면 물어봐⋯⋯. 아니, 말한다고 알아듣겠니? 잠깐만, 내가 데려다줄게. 나한테도 좋을 거야."

우리는 아카시아 숲을 지나 캠프장과 헬기 착륙장 그리고 별장을 피해 마카티 북쪽 강변을 따라 걸어갔다. 환경을 바꿔 보면 삶이 다시 즐거워질지 모른다고 그녀에게 충고를 해 주었다. 마사이의 옛날 얘기, 밀렵꾼, 백인 사냥꾼에 대해서도 설명해 주었다. 사바나의 옛 시절, 사자 갈기가 아직 왕좌에 있고 우리 사자의 포효 소리가 법이던 때를 얘기해 주었다. 그런 얘기를 하자니 심장이 쿵쾅쿵쾅 뛰었고, 어린 시절의 분화구 모습을 다시 보는 듯했다. 홍학, 물오리, 황새, 도요새, 무수리, 노랑부리저어새가 호수에서 날아올랐다. 만두시에서는 왜가리와 해오라기, 천인조 들이 지켜보는 가운데 하마들이 꾸벅꾸벅 졸고 있

너를 사납게 만드는 것들이야, 비스코비츠

었다.

젊은 가젤은 그 평원에 미련이 없으며, 작별 인사를 할 가치를 느끼지 않는다고 말했다. 우두머리 가젤들이 번식을 포기하고 멸종 위험을 안은 채 자연 보호 구역으로 올라가기로 결심한 후 군집 생활 본능을 잃어버렸다고 했다. 나는 그녀를 위로하려 애썼다. 하지만 나 역시도 고양잇과 수컷의 권위 추락과 점점 더 드세지고 나서기 좋아하며 야심만만해지는 암사자들의 횡포를 한탄하지 않을 수 없었다. 예전부터 모계 사회로 살면서 남들의 멸시를 받은 하이에나 무리와 우리 사자 무리가 점점 더 무섭게 비슷해지고 있다고 한탄했다.

웃고 떠들다 보니 우리는 가파른 경사지까지 도착했다. 나도 산꼭대기까지 올라가 보기로 했다. 저 건너편, 즉 킬리만자로, 그레이트플레인, 빅토리아 호수를 둘러보기 위해서였다. 눈을 만족시키는 게 내게도 좋을 거라고 그녀에게 설명했다. 정상 가까이에서 우리는 잠깐 쉬기로 결정했다. 코끼리와 버펄로 관목 숲을 지나 자귀나무, 뒤틀린 노간주나무 숲에서 휴식처를 찾았다. 긴꼬리원숭이 한 마리와 개코원숭이 몇 마리가 나무에 보였다. 다리를 뻗고 나무 이끼에 머리를 뉘었다. 가젤은 간간이 흐느끼면서 조용히 눈물을 흘렸다. 난 그녀의 어깨에 다리 하나를 올려놓았다. 그러고 있자니 가느다란 목에 송곳니를 박고 그 연하고 핏기 많은 고기를 뜯어 먹어야 하는 건 아닐까 의문이 들었다. 아마 더부룩하고 구역질이 나고 죄책감이 들겠지. 하지만 끔찍한 쾌락도 맛볼 텐데…….

"좋은 냄새가 나."

그녀가 갑자기 매애 소리를 냈다.

"뭐라고?"

올려놓은 다리에서 지독한 암내가 풍겼다. 지금 나를 놀리나?

"좋은 사자 냄새가 나, 수컷 냄새 말이야."

"수…… 수컷?"

"응, 너희 사자들은 사바나에서 가장 멋진 수컷들이야. 위풍
당당하고, 근육질이고……. 여자 같은 초식 동물들보다 훨씬 나
아. 반추 동물들에게 왜 모두 뿔이 있는지 나한테 물어본 적
없지?"

"없어, 나는……."

"우리 솟과 동물들에게는 성적 동종 이형이 있어……. 그런
유형들과 함께 있는 것만으로도 불쾌했는데……."

그녀는 나를 향해 돌아서며 가녀리면서도 도발적으로 고개를
숙였다. 바람이 그녀의 갈기를 엉클어 놓았다.

내가 어쩌겠는가? 무덥고 고독한걸…….

"아, 비스코! 황홀했어!"

"그래, 멋졌어."

나는 거짓말을 했다. 단순히 멋진 게 아니라 환상적이었다.
최고의 고기 맛은 비프스테이크라고 믿는 내 주위 고양잇과 암
컷들보다 그 가젤이 훨씬 더 여성적이었다. 그녀의 이름도 마음
에 들었다. 리우바…….

"관계를 지속할 수 없어 유감이야."

너를 사납게 만드는 것들이야, 비스코비츠

"음? 무슨 말이지?"

"우리에게 미래가 있을까? 이 고원에서 언제까지 숨어 지낼
수는 없어. 조만간 평원으로 내려가야 할 거야. 세렝게티로 내
려가면 저 아래서 누군가 나를 잡아먹을 게 분명해. 내 생각에
너는 연륜이 부족해서 천적들로부터 나를 보호해 줄 수 없어.
설령 난국을 잘 헤쳐 나간다 해도 창조의 날로부터 많이 변하지
않은 환경에 대해 신중히 생각해 봐야 해, 알겠어? 또 우리가 되
돌아간다 해도 상황은 나아지지 않아. 미디어가 우리 얘기를 냄
새 맡으면 무슨 일이 생길지 상상해 봐. 젊은 세대를 위한 모델
이 될까? 인종 차별주의자들이 아니길 바라야지. 하지만 종들
사이에는 서로 지켜야 할 거리가 있어. 어쨌든 여기에서도 우린
안전하지 않아. 내가 전파 목걸이를 차고 있다는 걸 기억해. 조
만간 우리를 찾아내고 말 거야. 안녕, 비스코."

그녀는 눈물을 훑으며 뒤로 돌아섰고, 엉덩이를 흔들며 올두
바이와 세렝게티로 가는 비탈길 아래로 내려갔다.

"아, 잠깐, 잠깐만……."

하지만 그녀는 마치 벼랑을 뛰어넘듯 총총걸음으로 이미 비
탈길을 내려가고 있었다. 붙잡을 수 있는 거리가 아니었다. 어
쩌지? 난 주변을 돌아보았다. 풍경은 숨이 막힐 정도로 아름다
웠다. 나는 잠시 그 자세로 서서 광활한 공간, 마사이 마라까지
수백 마일 끝도 없이 펼쳐진 야생 고원을 바라보며 흠뻑 취했
다……. 왼쪽으로 느두투 호수와 마스와 사바나 초원이 보였고,
오른쪽으로 올두바이 계곡이 보였다……. 새끼 사자처럼 심장이

뛰었다. 용기를 내, 늙은 심바, 내가 이런 생활을 하기에 너무 늙었다고 누가 그래?

나는 계곡으로 내려가는 길로 들어서서 나비힐을 거쳐 세렝게티로 가는 길을 어슬렁거리며 걸어갔다. 내가 지나가자 힘없는 왕관머리학, 독수리, 들기러기, 댕기물떼새 들이 화들짝 날아올랐다. 그쪽에서 사자는 아직까지 뭔가를 의미했다.

마침내 나는 끝도 없이 펼쳐진 초원으로 들어섰다. 거대한 화강암 덩어리들로 이루어진 작은 언덕들이 곳곳에 솟아 있었다. 톰슨가젤과 그랜트가젤, 얼룩말, 검은꼬리누, 일런드 영양, 다말리스쿠스, 타조, 큰 영양 들이 치타, 들개, 승냥이, 사자 들의 주의 깊은 시선을 받으며 풀을 뜯고 있었다. 반추 동물들의 우아한 자태에 감탄하지 않을 수 없었다. 그들의 잔등 곡선에 눈길이 닿자 나는 깜짝 놀랐다. 단순한 자연 풍경, 즉 큰 영양과 작은 영양 들의 가는 목, 얼룩 영양의 알록달록한 색깔, 임팔라 영양의 짧은 털, 작은 영양의 꼬리, 기린의 엉덩이 등이 내 마음에 새로운 감정을 불러일으켰다. 그들을 위협해서 걸음아 날 살려라 하고 줄행랑을 치게 만드는 것이 생존 본능인지 아니면 부끄러운 일인지 알 수 없었다.

몇몇 맹수들에게 우아하게 인사를 건넸지만 그들은 내게 이런저런 말을 걸지 않았다. 그들의 눈은 연쇄 살인범 살쾡이 같았다. 갈기갈기 찢어 먹으면 먹었지 절대 농담 따위는 하지 않을 치들이었다. 그들이 먹이 앞에서 달리 뭘 할 수 있겠는가. 어떤 다큐멘터리도 그 외에는 보여 주지 않았는데. 난 전율을 느

너를 사납게 만드는 것들이야, 비스코비츠

끼며 리우바를 생각했다.

일주일 동안 나는 키 큰 나무들 사이를 조심스레 움직이고 그 지역 주인들의 감정을 상하게 하지 않으려고 몸을 낮추면서 이리저리 어슬렁거렸다. 마침내 나는 모루의 작은 언덕 근처에서 그녀를 찾아냈다. 그녀는 작은 영양과 큰 영양 무리와 함께 풀을 뜯고 있었다. 그녀는 나를 약간 냉랭하게 맞았는데, 나는 그녀가 조심하는 이유를 알 수 없었다. 어쨌든 그녀는 함께 저녁을 보내자고 나를 초대했다. 그 분지의 초식 동물들이 자기를 양녀로 맞아 주어 새 가족, 새 부모, 새 형제가 생겼다고 했다.

"자, 와서 우리와 식사해."

느닷없이 그녀가 매애 하며 말했다.

"경우가 아닌 것 같아, 리우바."

나는 거절했다. 하지만 그녀는 내 사양을 듣고 싶어 하지 않았다.

"엄마, 아빠! 저녁 식사에 누가 왔는지 알아맞혀 볼래요?"

그녀가 솟과 동물들 틈으로 나를 안내하자 나는 예의를 갖추고 순순히 그녀를 따라갔다.

그들은 흥분을 보이지 않으려고 노력했지만 코브라에 물린 듯 돌처럼 뻣뻣하게 굳었다. 그녀가 가젤 두 마리에게 나를 소개하자, 그들은 당황하며 내게 냉랭하게 말을 걸었다. 또 다말리스쿠스 두 마리에게 나를 소개했는데, 그들은 심한 반감을 보이며 나를 지켜보기만 했다. 처음 소개받은 가젤들이 엄마, 아빠이고 다른 양 두 마리는 저녁 식사거리라고 판단했다.

"잠보, 하바리 가니? 미미 비스코비츠."

나는 가능한 정치적으로 정확하게 양들의 말로 의사를 전달했다. 그리고 가젤 부인에게 저녁 식사 초대에 감사한다고 말했다.

그녀가 돌연 끼어들자 나는 당황했다. 가젤 두 마리는 친구들이었고, 다말리스쿠스 두 마리가 양부모였던 것이다. 하지만 나는 말실수를 했고, 이미 엎질러진 물이었다.

나머지 저녁 시간 내내 우리는 어색한 분위기로 서로를 조용히 바라보기만 했다.

"세상에, 채식주의자라고 했잖아."

리우바가 먼저 입을 열었다.

"그래, 내 생각에 여기선⋯⋯."

"봐, 우리 관계는 지속될 수 없다고 내가 말했지."

"내게 시간을 줘, 리우바."

"아니, 비스코. 우리는 너무 달라, 알겠어?"

나는 고개를 저었다.

"그리고 난 약혼한 몸이야."

그녀는 저녁 식사에 참석한 양 두 마리를 주둥이로 가리켰다. 그중 한 마리가 사시나무 떨듯 덜덜 떨고 있었다.

"하지만 이게 다가 아니야, 비스코. 네 나이를 보면 내⋯⋯."

그녀는 계산을 하기 시작했다. 그녀가 한 살이라면 나와는 열네 세대 차이가 날 수도 있었다.

"결국 우리는 함께할 수 없어, 알겠지? 시간은 너에게 젊음을

너를 사납게 만드는 것들이야, 비스코비츠

돌려주지 않아."

　그녀가 눈길을 내렸다.

　거기서 우리 얘기는 끝났다.

　나는 꼬리를 내리고 분화구로 가는 길로 다시 들어섰다. 그녀는 내 마음을 아프게 했다. 그녀가 했던 말 때문만은 아니다. 그녀의 말이 결국 옳으니까. 그녀의 태도 때문에 가슴이 아팠다. 동정심과 당혹스러움이 뒤범벅된 찡그린 표정이 가슴을 아프게 했다. 나는 그 감정을 안다. 늙어 굴욕당하는 맹수들을 보고 나 자신이 그런 감정을 느꼈으니까. 연약한 동물들마저 그들을 조롱할 때. 최근에 영화 제작하는 청년이 롱숏을 망친다고 세트에서 그들을 쫓아낼 때. 관광객들마저 비디오카메라를 내려 버릴 때.

　옛 친구들, 여자 친구들, 어린 새끼들을 다시 보자 나는 기뻤다. 하이에나마저도 반가웠다.

　그날 저녁 식사 이후, 나는 반추 동물들을 더 이상 사랑하지 않았다. 먹지도 않았다. 내 말은, 리우바를 빼고 말이다. 잠시 동안 그들의 지방 때문에 위가 더부룩했지만 시간이 가고 훈련이 되면서 나는 그들을 깨끗이 소화시켰다.

넌 동물이야, 비스코비츠

나, 비스코비츠는 세균이었다.

"크기는 중요하지 않아, 비스코비츠. 중요한 건 너 자신이 되는 거다."

나는 이런 말을 들었다.

얼핏 들으면 쉬운 말이다. 내 이름에 채 애정을 갖기도 전에 나는 이미 두 세균, '비스코'와 '비츠'로 갈라섰다. 생각해 보라, 또 금방 '비', '스코', '비', '츠', 네 개로 갈라섰을 때를. 나는 조각났다.

우리는 선캄브리아대에 있었다.

"네가 만들고 싶어 하는 것은 생명이야."

다른 이들이 말했다.

내 생각에 '물질대사'가 더 적절한 용어인 것 같다. 우리의 재미있는 생각은 축적물과 단백질과 함께 침전되었다. 메탄과 암모니아는 '아름다운 공기'로 생각되었다.

내 이름이 '브이, 아이, 에스, 케이, 오, 브이, 아이, 티, 제트'
로 불리기 시작했을 때 나는 뭔가를 할 때라는 걸 이해했다. 하
지만 무엇을? 그리고 누가? 나는 나 자신 안에서도 소수였다.
나는 '그들'이라고 불렸다.

바로 그때 그 목소리가 들렸다.

"브이, 아이, 에스, 케이, 오. 이제 동물이 될 때야."

"동물?"

그 순간 어떤 암시가 왔다. 누군가에게 퇴행일 수 있는 것이
다른 누군가에게는 진보가 될 수 있다.

"어디서부터 시작해야 할지 모르겠어요."

내가 고백했다.

"자기 자신으로 꽉 찬 이기심에서부터. 있는 힘을 다해 우리
의 작은 자아를 꼭 붙들어야 해. 너한테는 어려운 일이 아닐
거야……."

나는 시도해 보았다. 내 여덟 세균에 남은 것은 꿈틀대는 자
존심, 점점 더 끈끈해지는 점착성이었다. 나는 안간힘을 써서
세균들을 하나의 원형체로 모았다. 그것이 최초의 다세포 유기
체였으며 최초의 진정한 나였다. 바로 나, 비스코비츠였다.

"이제는 어떻게 하죠?"

"음…… 이제는 네 이웃을 죽이고 잡아먹는 법을 배워야 해.
네가 커졌으니까 별로 어려운 일이 아닐 거야."

"다른 생물들을요?"

"네가 그들을 모두 죽일 때까지, 비스코. 전혀 나쁜 일이 아니

야. 종속 영양이라고 부르지."

　이웃들은 다소 몸집이 빈약해서 위험해 보이지 않았다. 나는 주위를 살피다가 곧 나한테 맞는 것을 찾아냈다. 간균 주코틱, 비브리오균 페트로빅, 나선균 로페즈. 부패하고 전염성 있는 이 고미생물 셋은 시생대 내내 그들의 독성으로 나를 감염시켰다. 나는 다가가서 그들을 단숨에 움켜잡고 잡아먹었다. 앞으로 발전할 개념, '적자생존'의 첫 번째 예였다.

　"이제는요?"

　"이제는 그걸…… 하는 걸 배워야 해……. 그래, 그러니까…… 다른 유기체와 합쳐져서 재조합하는 거지. 네 마음에 드는 누군가를 찾아내서 DNA를 조금 바꿔."

　"하지만……."

　"음란한 일이 전혀 아니야, 비스코. 네 마음을 따라가."

　내 8련구균 중앙에서 움직이는 네 세포 비츠(VITZ)를 두고 하는 말이라고 생각했다. 나는 환상을 조금 가미해서 그것을 마음이라고 생각했다. 브이를 밖으로 빼내어 그것이 가는 곳을 지켜보았다. 곧 브이가 꿈틀대기 시작하더니 원형질을 꼬고 구부리며 멀리 떨어져 나갔다. 나는 편모로 노를 저으며 따라갔다. 브이가 길고 둥근 섬유질과 술 모양 자줏빛 돌기로 둘러싸인 은빛 미코플라스마의 알부미노이드 젤라틴에 도착하는 것을 보았다. 거기서 나는 브이를 놓쳤다.

　"이봐, 너, 젤! 내가 잘못 본 건가, 아니면 네가 내 마음을 가져갔니?"

넌 동물이야, 비스코비츠

내가 소리쳤다.

"여기는 마음들이 왔다 갔다 해. 네 마음은 어떤 거니?"

마음을 훔쳐 간 젤라틴이 비아냥거렸다.

"둥글고 조금 탄력적이고 유연한 미코플라스마야. 금방 그게 고동치는 소리를 들었어."

"원한다면 도로 가져가도 돼. 하지만 직접 와서 네 마음을 다시 가져가야 해, 병원체."

"병원체는 형태학적 유형이고, 내 이름은 비스코비츠야."

"그러면 젤은 네 친척이고, 내 이름은 리우바야."

나는 조심스럽게 접근해서 그녀의 끈끈한 몸에 붙었다. 나는 아이(I)를 밖으로 구부린 다음 딱딱하게 만들어서 그녀의 몸속에 집어넣어 도망간 친구를 찾게 했다. 어, 어, 아이마저 잃어버리고 말았다. 아이가 미끄러져 나가더니, 원형질과 전원형질이 그녀의 유(U)로 뛰어 들어갔다.

그렇게 해서 나는 처음 섹스를 했다. 약간 서툴렀지만 거기에 마음을 넣었다. 젤라틴에게 어떻게 생각하느냐고 물었다.

"이게 섹스야?"

그녀는 온몸을 떨면서 자지러지게 웃었다.

"너는 이걸 섹스라고 부르니?"

그녀는 여전히 배꼽이 빠지게 웃으면서 흡반을 수축하더니 멀리 흔적도 없이 사라졌다. 마음이 갈기갈기 찢긴 나를 그 자리에 남겨 둔 채.

고통스러운 공허감이 남았고 존재 한가운데 소용돌이가 쳤다. 비스코츠(VISKOTZ)가 나쁜 이름은 아니지만 상처받은 병원체의 이름, 그녀의 자아 안에서 상처 입은 동물의 이름이었다. 나는 나머지 마음에 울타리를 치기로 결심했다.

"그러지 마라, 비스코."

목소리가 경고했다.

"또 당신이군요! 당신이 도대체 누구인지 이번에야말로 알 수 있을까요?"

"나는…… 가장 오래된 네 원형질의 목소리다. 최초의 세균, 너희 모두를 태어나게 한 원형 세포, 너희 모두를 이해하는 자지. 나를 비(VI)라고 불러도 돼."

"비?"

"그래, 비. 네 정신 비스코의 비, 네 마음 비츠의 비, 네가 뿌린 씨의 비, 네 생명의 비란다, 아들아. 자, 들어 보아라."

그의 말에는 일리가 있었다. 최초 세균의 무엇인가가 내 안에 남아 있을 수 있었다. 그리고 다른 이들 안에도.

"그러니까 당신의 원형질이 모두 안에, 이름으로 말하라면 리우바 안에도 있다는 말이군요."

"바로 그렇단다. 너한테 한 가지를 약속하지. 그녀를 다시 찾아낼 거다, 비스코. 다시 찾아낼 거야. 아마 상황이 조금 더 나아질 거다. 아마도."

"그러면 당신은 주코틱, 페트로빅, 로페즈 안에도 있었나요?"

"그래, 그리고 나는 아직도 있단다. 그들도 너와 다시 만나게 될 거다, 비스코. 내가 꿈꾸는 것은 말이야……."

넌 동물이야, 비스코비츠

"그들도 진화시키고 싶은 거로군요?"

"'진화'가 아니야. 내가 좋아하는 말이 아니다. 내가 더 즐기는 말은 '변화'다, 비스코비츠."

"잠깐. 당신은 나를 비스코비츠라고 불렀지만, 그 이름에는 더 이상 의미가 없어요."

"내가 한 말을 안단다. 네 마음을 들여다보렴. 내 말이 맞다는 걸 알 거야. 자, 무서워하지 마. 정신 훈련이 아니니……."

나는 나 자신한테 몸을 구부리고 다당류를 가수 분해하면서 훔쳐보았다. 물론 거기에는 티와 제트만 보였다. 그런데 비스코의 브이와 아이가 그곳에 붙더니 다시 소생하기 시작했다. 그러고는 스스로 복제하기 위해 양끝으로 길게 갈라져 분열했다. 몇 분 후 재생이 완료되었고 나는 그, 비츠(VITZ)를 보았다.

"그래, 나는!"

나는 소리쳤다. 나는 다시 나, 예전의 동물로 당당히 돌아왔다. 나는 좋아, 아주 좋아 하고 나 자신에게 말했다. 이제 아무도 나를 붙잡지 못해. 모두에게 본때를 보여 줄 때가 왔어, 생태계 도둑! 나는 어린아이처럼 눈물을 터뜨리며 웃었다. 나는 확신한다. 내 눈물에서 바다가 시작되리라는 걸. 거기서 생명, 진짜 생명이 시작되리라는 걸…….

"장하구나, 너는 이제 동물이다. 하지만 아직 네게는 배울 게 남아 있단다."

목소리가 칭찬을 해 주며 말했다.

"들어 보죠. 감수 분열? 발효 작용? 개체 발생?"

"죽음이다, 비스코."

"농담하지 마세요."

"이제 너는 병원체가 아니다, 비스코. 동물은 죽는단다."

"잠깐…… 모든 걸…… 단념하는 건가요?"

"그래, 모든 것을."

옮긴이의 말

알레산드로 보파의 첫 번째 작품인 이 책은 세계 여러 언어로 번역되어 큰 성공을 거두었다. 생물학자인 작가의 약력이 말해 주듯 이 작품에서는 여러 동물들의 특이한 속성이 과학적으로 설명되었다. 작가는 동물들의 속성에 생물학적으로 접근하면서 환상적인 상상력을 가미하여 인간 세계를 풍자한 우화집을 만들었다. 이솝 우화는 친숙한 동물들을 등장시켜 교훈을 전하지만 알레산드로 보파의 이 우화들은 권선징악의 교훈을 내세우지 않는다. 작가는 동물들의 속성을 통해 인간의 숨겨진 악한 면까지도 들추어 내고 인간의 도덕과 윤리에 반하는 동물들의 행동들을 아이러니하게 풍자하여 인간 세계의 다양한 면을 다각적으로 보여 준다. 독자들은 우화가 주는 해학과 풍자에 재미를 느끼면서도 우리 인간들의 내면을 보다 냉정한 시각에서 바라보게 된다.

이 책은 에피소드 스무 개로 이루어졌고, 에피소드마다 다른 비스코비츠가 등장한다. 자웅 동체인 달팽이, 사랑에 대해 말하는 앵무새, 에로틱한 꿈을 꾸는 겨울잠쥐, 교미가 끝나고 암컷에게 잡아먹히는 사마귀, 뻐꾸기 새끼를 키운 되새, 암컷들을 차지하기 위해 우두머리가 되지만 그들을 보호하기 위해 피 흘리는 싸움만을 되풀이해야 하는 엘크, 열심히 똥을 모으는 쇠똥구리, 백만장자가 된 춤추는 돼지, 실험실 쥐, 의사소통에 어려움을 겪는 가시고기, 살인 본능을 타고난 전갈, 권력을 거머쥐려 애쓰는 개미, 무엇으로든 변신 가능한 카멜레온, 전직 마약국 형사견이었던 수도승 개, 기생충, 부모마저 잡아먹는 상어, 미남에서 한순간 추남으로 격하되는 벌, 성이 수시로 변하는 해면 등이 에피소드의 주인공들이다.

에피소드 각각에는 주인공 동물인 비스코비츠와 비스코비츠가 사랑하는 이상적인 암컷 리우바가 항상 등장한다. 리우바는 이루어질 수 없는 상상 속 존재가 되기도 하고, 비스코비츠를 현혹하여 온갖 시련을 겪게 하는 교활한 암컷 혹은 종족 번식의 도구로 비스코비츠를 희생하는 냉혹한 암컷이 되기도 한다. 되새 비스코비츠는 뻐꾸기 새끼를 키우지 않기 위해 안간힘을 쓰지만 결국 사랑했던 암컷 리우바와 새끼가 모두 뻐꾸기였음을 알게 된다. 되새는 가정을 지키기 위한 그동안의 수고가 기만당하는 순간 아찔한 정체성의 혼란을 느끼며 '뻐꾹' 하고 인사하고 만다. 사마귀 비스코비츠는 암컷 리우바와의 교미 후 태어날 새끼의 영양 보충을 위해 자신을 희생한다. 또 엘크 비스코비츠는 아름다운 암컷들과 마음껏 사랑을 나누기 위해 우두머리가 되지만, 사냥꾼과 야수 들로부터 암컷들과 새끼들을 지킬 의무가 있다는 리우바의 정중하고 달콤한 말에 피 흘리는 고독한 싸움만을 계속한다. 작가는 암컷 리우바들에게 잔인하게 희생당하는 수컷 비스코비츠들의 삶에 연민을 느끼며 수컷들의 외로운 싸움을 부각했다. 작가가 남성인 까닭에 이런 수컷들에게 더욱 관심과 애정이 간 듯하다.

인간 역시 동물이다. 작가는 여러 유형의 동물들을 통해 인간의 속성과 욕망을 독특한 해학과 상상력으로 재미있게 풀어냈다. 자웅 동체인 달팽이 에피소드에서는 나르시시즘과 동성애적 욕구를 확인할 수 있다. 수도꼭지에 비친 자기 모습에 반해 열심히 먼 길을 기어갔다가, 결국 금기를 깨고 자기 자신과 사랑에 빠지는 달팽이 비스코비츠는 물속에 비친 자신의 젊고 아름다운 모습에 반해 물속으로 뛰어드는 나르키소스를 연상시킨다. 나르시시즘적 유형은 현재나 과거의 자신 혹은 자신이 바라는 미래의 모습, 혹은 한때 자신의 일부였던 사람을 사랑의 대상으로 선택하는데, 리비도가 대상을 선택하면서 나르시시즘적 유형에 집착하는 경우 동성애자의 기질이 강하다. 달팽이 비스코비츠가 자신의 젊은 시절 모습을 빼닮은 자식을 사랑하는 것은 나르시시즘이 동성애로 전이된 경우다.

전갈 비스코비츠와 상어 비스코비츠 에피소드는 동물의 냉혹한 살인 본능을 이야기한다. 전갈 비스코비츠는 자기도 모르게 이웃과 가족까지 무자비하게 죽이는 살인마로 사회생활이 불가능하다. 자신보다 강한 자가 나타나 자신을 죽임으로써 그 끔찍

옮긴이의 말

한 고통으로부터 벗어나기를 원한다. 마침내 리우바를 만나 팽팽한 힘의 균형과 평온한 가정을 이루지만 이웃에 대한 그들의 살인 본능은 멈추지 않는다. 상어 비스코비츠는 아빠 상어가 엄마 상어를 잡아먹는 걸 보면서 태어난다. 허약하다며 비스코비츠를 나무라던 아빠 상어는 저녁 식사에 초대받은 이웃집 상어 엄마와 함께 새끼들에게 잡아먹히고 만다.

쇠똥구리와 개미 비스코비츠 이야기는 권력과 부에 대한 인간의 욕망을 풍자한다. 쇠똥구리 비스코비츠는 똥을 차지하려다 처절하게 죽은 아버지의 모습을 보고 세상을 증오하며 열심히 똥을 축적한다. 부와 권력을 쌓고 마침내 아름다운 풍뎅이 리우바를 만나지만 둘은 속성상 어울리지 않는 짝이다. 쇠똥구리 비스코비츠는 풍뎅이 리우바의 눈을 통해 풍뎅이인 본연의 모습을 확인하지만, 자신이 지금까지 어렵게 쌓아 온 똥을 버리고 리우바를 쫓아가기엔 그동안 자신이 너무나 변해 버렸음을 확인한다. 이 에피소드에서 똥을 돈으로 바꾸고 인간에게 적용해 보면 너무나 해학적이다. 돈, 그 더러운 똥을 차지하기 위해 똥밭에서 열심히 구르고 싸워야 하는 인간들의 모습이 떠올라 우습기도 하고 씁쓸하기도 하다.

개미 비스코비츠는 알파벳 순서에 따라 영양을 공급받는 개미 사회의 법칙 때문에 영양을 제대로 공급받지 못했다. 그로 인해 림프선이 말라 버리는 바람에 냄새를 풍기지 못하는 정체성 없는 개미가 됐다. 이 특성을 이용하여 비스코비츠는 개미집들을 오가며 이중간첩 노릇을 하다가 드디어 모든 권력을 거머

쥔다. 황제로 등극한 비스코비츠는 자신의 권력을 보여 주기 위해 거대한 동상을 만들게 한다. 하지만 황제상이 무게에 못 이겨 조금씩 무너져 내리자 비스코비츠는 동상에 맞추어 자신의 신체 부위를 떼어 낸다. 결국 배 부분만 남아 죽음을 앞둔 비스코비츠는 현재 자신의 모습이, 아무 쓸모도 없는 존재라고 생각했던 어릴 적 친구 주코틱의 모습임을 알고 절망한다. 이 이야기는 정체성을 잃어버린 채 허망한 권력을 쫓아 온몸을 내던지는 어리석음을 재미있게 풍자한다. 반면 비스코비츠가 쓸모없는 존재라고 생각했던 주코틱은 보잘것없는 자신의 모습에 만족하며 스스로에게 가치를 부여할 줄 알았다. 어떤 삶이 더 의미 있는지 생각해 보게 하는 에피소드다.

이 책의 에피소드들에서는 또한 정체성에 대한 물음이 간간이 보인다. 카멜레온 비스코비츠의 정체성 찾기는 참으로 재미있다. 무엇으로든 변신 가능해 정체성의 혼란을 겪는 비스코비츠에게 리우바는 자기 자신이 되려면 자신을 부정하고 비울 줄 알아야 한다고 조언해 준다. 자기 자신이 누구인지 발견한 카멜레온 비스코비츠가 자기 자신을 알아보지 못할 거라고 말하는 대목에선 웃음이 절로 난다.

돼지 비스코비츠의 이야기에서 돼지는 돼지답게 더러운 것을 먹고 더러운 짓을 하고 더러운 생각을 하며 제멋대로 살아야 한다는 엄마 돼지의 말이 우리 인간의 윤리와 대립되어 재미를 준다. 하지만 돼지 비스코비츠는 엄마의 말을 무시하고 인간의 춤을 흉내 냈다가 서커스단에 팔리고 거세까지 당한다. 유산 상속

옮긴이의 말

을 노린 어느 노부인의 계략 때문에 막대한 유산을 상속받고 부
귀영화를 누리며 향락에 젖어 살지만 행복하지 않다. 그런데 돼
지 비스코비츠는 정말 무서운 일은 자기 소유가 아니었던 것에
사악한 매력을 느끼고 실제 취향을 갖게 된 거라고 말한다. 본
성에 충실한 삶과 환경과 습관에 길든 삶, 이중에 어떤 삶이 더
행복한가 생각하게 하는 이야기다.

큰가시고기 비스코비츠 에피소드는 의사소통의 어려움을 이
야기한다. 사회가 진화하고 복잡해질수록 진심을 전하기 어렵
고 오해가 쌓이기 쉽다. 의사소통 수단들이 점점 더 발전하는
현대 사회에서 오히려 인간들은 의사소통의 어려움과 소외감을
느낀다. 이 이야기는 침묵이 가장 좋은 의사소통의 수단일 수
있음을 역설적으로 말한다.

벌 비스코비츠 에피소드는 시대에 따라 달라지는 아름다움의
기준을 재미있게 풍자한다. 너무 잘생긴 외모 때문에 암컷들로
부터 시달리던 수벌 비스코비츠는 변신의 마술사 리우바를 찾
아가 자신을 흉하게 성형해 달라고 한다. 리우바는 비스코비츠
를 밀랍으로 성형해 주지만 비스코비츠로부터 수많은 자식들을
얻는다. 날씨가 따뜻해지면서 밀랍이 흘러내려 잘생긴 외모가
드러나지만 그사이 비스코비츠를 닮은 자식들이 수없이 많이
태어난 탓에 그의 외모는 흔하고 평범한, 결국 흉한 것이 되고
만다. 희귀한 것이 아름다운 것이며, 시대에 따라 미의 기준이
얼마든지 변할 수 있다는 사실을 담아 냈다. 지금 우리가 미남,
미녀라고 생각하는 사람들이 그 어떤 시대에는 추남, 추녀일 수

있다고 생각하니 재미있다.

에피소드들 가운데 삶을 바라보는 독특한 시각이 담긴 에피소드가 있다. 겨울잠쥐 비스코비츠 이야기다. 겨울잠쥐 비스코비츠는 자신이 꿈속에서 이상적인 암컷 리우바를 만든 것이 아니라, 실은 리우바가 자신을 꿈꾼 것임을 알게 된다. 우리 삶이 누군가의 꿈일지 모른다는 생각이 독특하다. 뭔가 철학적인 깊이를 느끼게 하는 이야기다.

이 책은 모험담, 영웅담, 연애물, 추리물, 다큐멘터리 등 여러 문학 장르가 섞인 우화집 같다. 특히 전직 마약수사국 형사 개 비스코비츠의 이야기는 한 편의 추리 소설 같은 스릴과 반전을 담았다. 동양 수도원을 배경으로 벌어지는 마약에 얽힌 살인 사건과 전직 형사 개 비스코비츠가 살인 사건을 풀어 나가는 과정, 비스코비츠가 마약에 중독되어 열반을 꿈꾸는 수도승이었다는 반전 등은 홍콩 누아르 영화의 이미지를 떠오르게 한다.

동서양의 철학을 넘나들고 여러 문학 장르를 섞어 놓은 듯한 이색적인 작품이다. 생물학적인 접근을 통해 인간 내면을 예리하고 풍자적으로 파헤친 작가의 색다른 글쓰기를 볼 수 있는 흥미로운 책이었다. 새로운 작가를 발굴해 소개해 준 민음사 여러분께 감사한다.

2025년 봄

이승수

옮긴이의 말

넌 동물이야,
비스코비츠

1판 1쇄 펴냄   2010년 6월 18일

1판 15쇄 펴냄 2022년 5월 25일

2판 1쇄 찍음 2025년 4월 10일

2판 1쇄 펴냄 2025년 4월 20일

지은이   알레산드로 보파

옮긴이   이승수

발행인   박근섭·박상준

펴낸곳   (주)민음사

출판등록   1966. 5. 19. 제16-490호

주소   서울특별시 강남구 도산대로1길 62(신사동)

           강남출판문화센터 5층 (우편번호 06027)

대표전화   02-515-2000 | 팩시밀리 02-515-2007

홈페이지   www.minumsa.com

ISBN 978-89-374-2872-2 03880

* 잘못 만들어진 책은 구입처에서 교환해 드립니다.